Andrea Camilleri
Hahn im Korb

SERIE PIPER

Zu diesem Buch

Sein ganzes Leben lang ist Vito diesem einen Gebot gefolgt: Am besten ist, nichts zu hören, nichts zu sehen und sich aus allem rauszuhalten. Sein Leben verläuft ereignislos zwischen Tagen im Hühnerstall und Abenden in Don Masinos Bar. Aber dann, als er eines Tages wie immer nach der Arbeit nach Hause schlendert, werden zwei Schüsse auf ihn abgefeuert. Sie verfehlen ihn um ein Haar. So sehr der erschütterte Vito in seinem Gedächtnis wühlt, er kann sich beim besten Willen nicht erinnern, wer es auf ihn abgesehen haben könnte. Daß kurz zuvor auch noch ein toter Schafhirte hinter seinem Haus aufgefunden wurde, stürzt ihn in völlige Ratlosigkeit. Für Kommissar Corbo steht fest: Vito muß etwas erfahren haben, das er nicht erfahren durfte. Aber was? Vito weiß nicht, daß des Rätsels Lösung in seiner Westentasche liegt und daß der Feind ihm gefährlich nah ist. Am Ende sieht Kommissar Corbo das alte Sprichwort bestätigt: Jedes Verbrechen geschieht aus Eifersucht und hat mit einer Frau zu tun.

Andrea Camilleri, geboren 1925 in Porto Empedocle, Sizilien, lebt heute in Rom. Seine eigenwilligen Charaktere, sein Witz und das unnachahmliche sizilianische Lokalkolorit machten ihn in den letzten Jahren – neben Umberto Eco – zum erfolgreichsten Schriftsteller Italiens. Bei Piper erschienen »Die sizilianische Oper«, »Jagdsaison«, »Das launische Eiland«, »Hahn im Korb« und »Eine Sache der Ehre«.

Andrea Camilleri
Hahn im Korb

Roman

Aus dem Italienischen von
Monika Lustig

Piper München Zürich

Von Andrea Camilleri liegen in der Serie Piper vor:
Die sizilianische Oper (3440)
Jagdsaison (3612)
Hahn im Korb (3895)
Das launische Eiland (Piper Original 7020)

Ungekürzte Taschenbuchausgabe
September 2003

Titel der italienischen Originalausgabe:
»Il corso delle cose«

Umschlag / Bildredaktion: Büro Hamburg
Isabel Bünermann, Julia Martinez /
Charlotte Wippermann, Kathrin Hilse
Umschlagabbildung: Melchior d'Hondecoeter
(»Der weiße Pfau«; Artothek)
Foto Umschlagrückseite: Basso Cannarsa
Satz: Uhl + Massopust, Aalen
Druck und Bindung: Clausen & Bosse, Leck
Printed in Germany ISBN 3-492-23895-5

www.piper.de

Der Weg der Dinge
ist ein kurvenreicher.

MERLEAU-PONTY, *Sinn und Nicht-Sinn*

Stets ist es höchstes und zugleich vergebliches Bestreben des Autors gewesen, eine Erzählung in London oder New York spielen zu lassen. In Ermangelung einer Phantasie à la Jules Verne und, offen gesagt, aufgrund einer heftigen Abneigung gegen Flugzeuge, kennt er diese Städte nur aus dem Kino und dem Fernsehen. Natürlich weiß er, wo die Bond Street oder die Fifth Avenue liegen, doch von den Menschen, die dort herumspazieren und ihr Leben leben, weiß er so gut wie nichts. Im Gegenteil glaubt er, alles über seine eigene Gegend und seine Mitbürger zu wissen, ja, er glaubt sogar zu wissen, was ihnen so im Kopf herumgeht. Und da liegt er natürlich schief. Nun, obwohl diese Geschichte gänzlich der Phantasie des Autors entsprungen ist, wußte der nichts Besseres zu tun, als sie haarscharf in die Häuser und Straßen einzubauen, die er kennt, obwohl ihm klar war, daß er auf diesem Wege über so manche unglückliche Übereinstimmung stolpern würde. Dafür möchte er um Nachsicht bitten. Die Geschichte, das will er nochmals betonen, hat er sich ganz alleine ausgedacht: Eventuelle Homonymien oder mögliche Situationsgleichheiten sind dem bösen Zufall zuzuschreiben.

Der Autor widmet dieses Buch dem Gedenken seines Vaters, der ihm nichts anderes beizubringen wußte, als das zu sein, was er ist.

A. C.

»Welch schöner Sonnenuntergang!« meinte der Maresciallo Corbo und nahm kurz das Taschentuch von der Nase. »Gibt es auch in deiner Gegend solche Sonnenuntergänge, hm?«

Der Carabiniere Tognin hätte gerne mit Ja geantwortet und ihm gesagt, daß es bei ihnen zu Hause vielleicht noch schönere gab. Aber er war aus Venedig und an gewisse Anblicke einfach nicht gewöhnt, und da er spürte, wie ihm von Zeit zu Zeit ein Brechreiz den Magen zuschnürte, nickte er nur bejahend.

Der Sonnenuntergang war wirklich ein Genuß. Weiter im Norden, einige Kilometer vom Meer entfernt, hoben sich im Gegenlicht die zerklüfteten, dunklen Umrisse des Kap Rossello von dem ruhigen, rötlichen Meeresspiegel ab, während von Osten schwere Regenwolken auf das Dorf zusteuerten und gerade noch den Blick auf den Fuß des Hügels freigaben, auf dem die zwei Männer standen. Ein scharfer, wie mit dem Messer geschnittener Kontrast, der Tognins Unbehagen nur noch verstärkte, denn sein Auge war an weichere und friedlichere Landschaften gewöhnt.

Diese Hommage an die Poesie mußte Corbo heftig büßen. Vor Ekel verzog er das Gesicht, denn der heftige Gestank hatte sich beim Einatmen sofort in seinen Nasenflügeln festgesetzt: Im September brennt die Sonne eben noch heiß auf Sizilien herab.

Der dritte Mann, ein Bauer, hatte die Augen nicht gehoben, sondern starrte unverwandt auf die Erde; er hatte sich eine Zigarette aus Kippen und starkem Schnittabak gerollt und lehnte jetzt rauchend an einem Baum. Der

Maresciallo mochte vielleicht Lust haben, an den Sonnenuntergang zu denken, er aber nicht: Wie hieß es noch? – Der Teufel scheißt immer auf den größeren Haufen, und er war und blieb nun mal ein kleines Häuflein. In Reichweite seiner Füße lag, halb hinter einem Hirsebusch versteckt, der Ermordete – seine Beine steckten in einem über der Hüfte zugeschnürten Sack, seine Hände waren mit einer dünnen Schnur auf dem Rücken zusammengebunden – und verpestete die Luft. Ein Paar abgewetzte Schuhe – die Schuhe des Toten – stand fein säuberlich auf seiner Brust.

Zwei Stunden zuvor war der Bauer völlig aufgeregt – ein wenig zu aufgeregt für Corbos Begriffe, der in solchen Dingen ein fast untrügliches Gespür hatte – in die Polizeikaserne gestürzt, um zu berichten, daß er auf einem Pfad am Rand seines Feldes einen Toten gefunden hatte. Jetzt standen sie da und warteten auf den Herrn Amtsrichter, der sich wie üblich ausreichend Zeit ließ.

»Hoffen wir, daß er noch vor dem Wolkenbruch eintrifft«, dachte Corbo, während er den Atem anhielt und sich mit dem Taschentuch den Schweiß vom Hals trocknete. Es war für den Augenblick schon alles aus dem Bauern herausgeholt worden, was herauszuholen war: Jetzt mußte man sich mit Geduld rüsten und ihn so lange mit denselben Fragen löchern, bis sie in seinen Holzschädel gingen.

»Ich möchte nur wissen«, legte Corbo, um seiner Pflicht nachzukommen, erneut los, »wie lange du darüber geschlafen hast.«

»Kaum hatte ich ihn entdeckt, bin ich zu Ihnen gerannt«, erwiderte der Bauer.

»Auf den wurde vor mindestens drei Tagen geschossen«, sagte Corbo, »oder ist dir die Nase abgefallen?«

»Und ich bin seit drei Tagen nicht mehr hier vorbeigekommen.«

Schweigen in der Runde. Dann ergriff der Bauer erneut das Wort und meinte, ohne sich an jemand Bestimmten zu wenden: »Das weiß nur der Allmächtige, wo sie ihn umgebracht haben. Und dann haben sie mir dieses schöne Geschenk gemacht und ihn hierhergeschafft.«

»Die werden ihn in den Sack gesteckt haben, um ihn besser tragen zu können«, mischte sich Tognin ein. Die Neugier ließ ihm jedoch keine Ruhe: »Aber warum diese Schuhe?«

Der Maresciallo Corbo blieb ihm die Antwort schuldig. Der Bauer aber wollte sich dem Fremden gegenüber – Carabiniere hin oder her – freundlich zeigen.

»Der wollte abhauen«, erklärte er.

Und obwohl er sich darum bemühte, konnte er einen Anflug von Verachtung in der Stimme nicht unterdrücken.

Er hatte es gerade noch geschafft. Ein heftiger, kurzer Septemberregen war niedergegangen und hatte dennoch nicht die Hitze aus den Häusern vertrieben; im Gegenteil, jetzt drang sie noch unerträglicher und gut sichtbar als Dampf aus den Mauern. Als Vito aus dem Kino kam, spürte er, wie seine Kopfschmerzen langsam nachließen.

Es war eine regelrechte Tortur für ihn gewesen – dieser eklige Hitzekessel, in dem sich die Gerüche der Zuschauer ballten. Schließlich hatte ihn der Film, der ihm gleich bei den ersten Szenen äußerst fad vorgekommen war, doch noch eingelullt, und er hatte ihn über sich ergehen lassen.

»Gute Nacht, Vito.«

Der Gruß des Doktors Scimeni, der seine zwanzigjährige Tochter Carmela am Arm führte, überraschte ihn, und erst mit Verspätung grüßte er zurück, wobei er sich gleichzeitig entschuldigte. Er machte sich neben den beiden auf den Weg, war sich aber unsicher, ob er nach Hause oder auf einen Sprung zu Masino ins Café gehen sollte. An der Straßenecke hielt er immer noch unentschlossen inne und fuhr mit der Hand in die Tasche, um die Zigaretten herauszuholen. Vergeblich. Er mußte das Päckchen im Kino vergessen haben. Ja genau, jetzt erinnerte er sich, es irgendwann neben sich auf den freien Sitz gelegt zu haben. Doch umzukehren hatte keinen Sinn. Mittlerweile war hundertprozentig schon einer dagewesen, der sich nun an diesem Geschenk des Himmels gütlich tat. Er sah auf die Uhr, es war kurz nach Mitternacht.

Für die Jahreszeit war es noch nicht zu spät, doch die Straßen waren wie ausgestorben. Einige vage Lebenszeichen waren auf den Balkons zu sehen, wo so mancher verweilte, der sich noch nicht dazu aufraffen konnte, für den Rest der Nacht in einem stickigen Zimmer zu schmoren.

Er stieß auf die Flanierstraße, den Corso, überholte Doktor Scimeni und die Tochter, die wegen ihres von der Kinderlähmung steifen rechten Beins einen leichten

Krebsgang hatte, und ging auf das noch erleuchtete Schild von Masinos Café zu.

»Hör mal, Vito.«

Er hielt im Gehen inne und sah, daß der Doktor Carmela stehengelassen hatte und jetzt auf ihn zusteuerte.

»Ich würde gern mit dir sprechen, morgen vielleicht, wenn es dir paßt.«

»Wann es Ihnen beliebt.«

Er fragte sich nicht, worüber der Herr Doktor mit ihm reden wollte, wenngleich ihn seine Bitte ein wenig verwunderte. Sie pflegten eigentlich keinen besonders vertraulichen Umgang, und die wenigen Male, bei denen Vito ärztliche Hilfe gebraucht hatte, hatte man sich auf die nötigsten Worte beschränkt. Im übrigen hatte das Unglück, das seiner Tochter zugestoßen war, Scimeni zu einem muffigen Griesgram gemacht. Auch heiraten wollte er nicht mehr, nachdem er Witwer geworden war.

»Also sagen wir um sechs Uhr bei mir zu Hause.«

»Selbstverständlich. Gute Nacht.«

Der Arzt blieb stehen und beobachtete Carmela, die, sich mit einer Hand an der Mauer abstützend, auf ihn zukam.

»Und ich sage dir, das ist eine Bande von Halunken!«

Masino saß, die Hände in der Hosentasche, ein Streichholz zwischen den Zähnen, rittlings auf dem Rand des Billardtischs. Er erhob nicht die Stimme, gab sich jedoch alle Mühe, seine Worte besonders provokativ klingen zu lassen.

»Einige kann man aus dem Spiel lassen«, meinte Pasquale vorsichtig und verfolgte dabei noch immer angestrengt die Bahn der Kugel.

»Keinen einzigen.«

»Auch nicht meinen Bruder?« fragte Vasalicò und legte seinen Stock auf den Filz des Billardtischs.

»Dein Bruder gibt den Ton an«, legte Masino seelenruhig nach.

Vasalicò blickte um sich. In diesem Augenblick kam Vito herein und begriff sofort, daß es besser war, sich nicht einzumischen. Wie so oft würde die Diskussion zwischen Masino und Vasalicò, dessen Bruder Bürgermeister war, nur auf ein Wortgefecht hinauslaufen.

»Da ist doch nichts, kommt schon, lassen wir das sein«, griff Pasquale als Streitschlichter ein. Dann aber brauste er plötzlich auf: »Ja ist es denn möglich, daß ihr jeden Abend …?!«

»Du bist dran«, sagte Masino zu Vasalicò, und der griff, im Zweifel, ob die Aufforderung der Streiterei oder dem Spiel galt, lieber zum Billardstock.

»Die von der Gemeindeverwaltung müßten alle enden wie der Bürgermeister von Masàra«, fuhr Masino fort, »dem sie abends um neun eine vor den Latz geknallt haben. Der hatte nämlich denen von Masàra hoch und heilig versprochen – das muß sich einer vorstellen, ausgerechnet dort, wo jeder zweite Haushalt einen Verwandten im Knast sitzen hat –, eine Amnestie für alle Häftlinge zu erlassen, wenn sie ihm ihre Wählerstimme gäben. Und diese Idioten dort haben ihm geglaubt und ihn gewählt. Als ihnen dann, nach ein paar Monaten, aufging, einen Riesenschwachsinn gemacht zu haben …«

»Ich kenn' die Geschichte besser als du!« unterbrach ihn Vasalicò.

»Wenn du sie wirklich kennst, solltest du deinem Bruder sagen …«

»Verdammt noch mal, spielen wir dieses Spiel jetzt zu Ende oder nicht?« platzte Pasquale heraus.

Sofort machte Vito sich Pasquales Eingriff zunutze und sagte zu Masino: »Gib mir zwei Schachteln Nazionali.«

Ohne die Hand aus der Hosentasche zu nehmen, schlurfte der hinüber zum anderen Raum, wo Zigaretten verkauft wurden. Aber bevor er durch die Tür ging, drehte er sich zu Vasalicò um.

»Dumm ist nur, daß wir hier nicht in Masàra sind.«

Vasalicò tat so, als hätte er nichts gehört.

»Ich begreife nicht«, sagte Vito, während Masino das Klappbrett hob, um hinter die Theke zu gehen, »warum du so ein Vergnügen daran hast, Vasalicò zu verarschen.«

»Das geht dich einen Furz an«, erwiderte Masino und schob ihm die zwei Zigarettenpäckchen hin.

»In Ordnung, aber eines schönen Tages wird er richtig sauer werden …«

»Na und? Soll er doch.«

»Wir sehen uns morgen.« Vom anderen Raum her ertönte Vasalicòs Abschiedsgruß, aber keiner von den beiden erwiderte ihn.

»*Buona notte*«, wünschte Pasquale und steckte den Kopf zur Tür herein.

»Ja und?« fragte Masino erneut, als hätte er nicht einmal Pasquales Gruß gehört.

»Lassen wir es gut sein«, sagte Vito und folgte Pasquale, der schon bei der Tür angelangt war.

»Wenn du fünf Minuten auf mich wartest«, sagte Masino, »mach' ich hier dicht und begleite dich nach Hause. Unterwegs kannst du mir dann erklären, was Vasalicò mir so alles antun könnte«, sagte er lachend.

»Lassen wir das besser; entschuldige, aber morgen muß ich früh raus und aufs Land. Du hältst mich sonst noch bis zum Tagesanbruch wach.«

»Es ist gleich ein Uhr nachts«, sagte Corbo, »und man schwitzt, als wäre es ein Uhr mittags.«

Er lehnte am Fenster, den Rücken der Straße zugewandt; der Bauer aber saß schön ordentlich an einem kleinen Tisch, und sein Blick klebte am Porträt des Staatspräsidenten Saragat an der Wand. Tognin, dem die Müdigkeit und die Aufregung in die Knochen gefahren waren – es war sein erster Mord – saß an einem Schreibmaschinentisch, auf dem eine antiquierte Olivetti, die mit dem Untersatz aus Holz, thronte. Doch es gab nichts zu protokollieren. Corbo redete um den heißen Brei herum. Der Bauer fühlte sich wegen der Schleichtaktik des Maresciallo ganz und gar nicht wohl in seiner Haut: Nach so langer Warterei würden die Peitschenhiebe der Sbirren, wenn sie sich dann mal dazu entschlossen zuzuschlagen, um so schmerzhafter sein.

Nur für ein paar Minuten hatte er im Café von Masino haltgemacht, aber das genügte schon: über das Dorf senkte sich bereits tiefe Nacht. In der Ferne, am Ende des Corsos erkannte er undeutlich die Umrisse von Pasquale, der sich raschen Schrittes entfernte. Von Vasalicò war keine Spur zu sehen. Die meisten Balkonläden standen noch offen und würden auch die ganze Nacht über offenbleiben, doch jetzt waren nur noch wenige Leute auf, um etwas frische Luft zu schnappen.

Vito nahm die Straße, die zu seinem Haus führte. Sie war schmal und schlecht beleuchtet. Das erste Stück quetschte sich zwischen der baufälligen Kathedrale und dem Marmor des Rathauses aus der Zeit des Faschismus hindurch, und einige Meter weiter wurde die Gasse enger. Rechts und links standen unverputzte Mauern von alten zwei- bis dreistöckigen Häusern, und in Augenhöhe konnte man das quirlige Treiben verfolgen, das sich im Innern der ebenerdigen, winzigen Behausungen abspielte, und die verschiedenen Gerüche wahrnehmen.

Seit einigen Jahren wuchs das Dorf zum Hang hin, wo sogar zehnstöckige Häuser in die Höhe geschossen waren. Eine Zeitlang hatte man gehofft, daß diese neuen Wohnungen mit verhältnismäßig niedriger Miete die Leute überzeugen könnten, ihre ebenerdigen Behausungen aufzugeben, deren einzige Luftzufuhr die Eingangstür war, die zwangsläufig immer offenstand. Doch es gab einfach keine Unternehmer, die – hätten sie ein noch so großes Herz für ihre Mitmenschen gehabt – die Mietpreise hätten derart senken können, daß sie den Tiefstand in den Hosentaschen der Leute erreicht hätten. Und in jedem Fall wäre es schwierig gewesen, sie dazu zu bringen, ihr gedrängtes Familienleben aufzugeben, das in gewisser Hinsicht Sinn und Stärke ihres Daseins ausmachte.

In jeder dieser ebenerdigen Katen hausten wahre Großfamilien, die sich aus drei oder vier Generationen und sogenannten engeren Verwandten zusammensetzten. Als eng galten sie aufgrund des Platzes, auf dem sie gezwungen waren zu leben. Zu jeder Familie gehörten jeweils noch eine Katze, oft eine Ziege, zuweilen auch ein Esel. Der Wirtschaftsboom, den sie von fern gerade noch mitbekommen hatten wie das schwache Explodieren eines Knallfroschs aus vielen Kilometern Entfernung, war dafür verantwortlich, daß der Raum in zahlreichen Behausungen noch weiter schrumpfte, um dem Fernseher Platz zu machen.

Auf der Höhe der letzten Hütte rechter Hand hörte Vito, noch bevor er auf die kleine Piazza abgebogen war, an der er wohnte, daß Mammarosa wie jeden Abend nach ihm rief. Er trat auf die Schwelle und mußte seine Augen erst an die Finsternis im Innern gewöhnen. Mammarosa saß auf einem wackligen Strohhocker; sein weißes Oberhemd – Vito wußte, daß es blütenrein war, denn die Sauberkeit war für diesen Mann immer schon oberstes Gebot gewesen, zuerst aus Eitelkeit, dann aus echter Notwendigkeit – war ein heller Punkt in der Dunkelheit; einen anderen Lichtfleck bildete sein schneeweißer Kaiser-Wilhelm-Bart.

»Was erzählt man sich heute abend denn so im Café?«

»Ich war nur kurz dort. Ich hatte mir überlegt, besser ins Kino zu gehen.«

»Was wurde gezeigt?«

Mammarosa erhob sich und ging zielsicher auf Vito zu. Die chronische Bindehautentzündung hatte nach und nach sein Sehvermögen geschwächt, bevor dann vor einigen Jahren die endgültige Nacht über ihn hereingebrochen war. Vielleicht war es dieses langsame Abschiednehmen vom Tageslicht gewesen, das ihn jetzt auf diese sonderbare Art bei jedem Schritt und jeder Geste Entfernungen und Raummaße sicher einschätzen ließ. Er wirkte wie ein Hund, der die jeweilige Person an deren Geruch und an deren Gangart erkennen kann.

»Nichts Besonderes. Ein Indianerfilm.«

»In Farbe?«

»Nein.«

Das war eine Notlüge, der Streifen war ein richtiggehendes Feuerwerk von Kitschfarben gewesen, doch Vito wußte, daß er dem Alten damit wehgetan hätte. Als kleiner Bub hatte er lange auf seinen Knien gespielt, als Mammarosa der ewige »Lagerjunge« seines Vaters gewesen war. Und so hatte es sich eingebürgert, daß er ihn – wenn er auf ihn zu sprechen kam – weiterhin »den Jungen meines Vaters« nannte – auch dann, als er nach dem Tod des Vaters und der endgültigen Schließung des Holzhandels mit angesehen hatte, wie Mammarosa von Jahr zu Jahr immer grauer und gebeugter wurde und schließlich erblindet war. Umgekehrt war er für Mammarosa immer Vituzzo geblieben. Mit der Zauberkraft dieses Koseworts aus der Vergangenheit gelang es dem Alten mit einem Schlag, Vitos Fettansatz, den fortgeschrittenen Haarausfall, die schlechten Augen vergessen zu machen und ihm den jungen Körper eines Zehnjährigen wiederzugeben. Die fehlende Sehkraft hatte in dem alten Mann schließlich ein ganz neues Gefühl entstehen lassen: Vito spürte, daß Mammarosas Respekt ihm gegenüber seit einiger Zeit väterlich besorgte Züge angenommen hatte. Jeden Monatsersten stellte deshalb die Übergabe der paar Kröten Rente, die Vitos Vater im Testament für Mammarosas hündische Treue festgelegt hatte, ein umständliches Zeremoniell dar, das sie beide schnell hinter sich bringen wollten.

»Brauchst du etwas?«

»Nein, danke. Mach's gut«, erwiderte Vito beim Fortgehen und fragte sich mit einem Lächeln, wozu dieser Schatten von einem Mann im Notfall überhaupt noch taugte.

»Also«, sagte Corbo, »bringen wir die Sache auf den Punkt. Du behauptest, ihn noch nie zuvor gesehen zu haben.«

»Nein, der Herr, ich hab' ihn zuvor noch nie gesehen«, bestätigte der Bauer, und um seinen Worten, die ihm, kaum hatte er sie ausgesprochen, völlig kraftlos vorkamen, mehr Nachdruck zu verleihen, legte er seine Hand ein Stückchen oberhalb des Magens auf die Stelle, wo das Gewissen seinen Sitz haben soll.

»Vor was?«

»Bevor ich ihn tot aufgefunden hab'.«

»Er hieß Mirabile Gaetano und war Schafhirt. Wie kann es möglich sein, daß ihr euch noch nie begegnet seid?«

»Noch nie.«

»Richtig, wir sind hier ja schließlich in New York, das zehn Millionen Einwohner hat und wo man nicht einmal weiß, wer im Stock unter einem wohnt.« Er trat auf den Bauern zu und legte ihm freundschaftlich eine Hand auf die Schulter. »Du wußtest sogar, mit Verlaub gesagt, wie viele Haare der am Arsch hatte.« Dann klopfte er ihm zweimal freundschaftlich auf den Arm, ging hinter seinen Schreibtisch und setzte sich. »Das heißt also, wir werden die ganze Nacht hier verbringen«, sagte er.

Der Bauer rückte auf seinem Stuhl hin und her. Schon bevor er in die Kaserne gerannt war, war ihm klar gewesen, daß dieser Tote seinen Untergang bedeuten würde. Mit dem Gesetz war es aus dem einen oder anderen Grund immer eine Sache ohne Ende.

Als Vito um die Ecke gebogen war und die kleine Piazza in etwas hellerem Licht vor ihm lag, sah er sofort, daß er die Balkontür seines Zimmers offengelassen hatte. Er ärgerte sich mächtig über sich selbst: Um überhaupt ein Auge schließen zu können, mußte er jetzt erst den Schnaken den Kampf ansagen, und es bestand nicht der geringste Zweifel, wer dabei als Sieger hervorgehen würde. Auch der Balkon nebenan stand sperrangelweit offen. Unweigerlich fiel sein Blick auf Frau Tripepi, Witwe des Bahnhofsvorstands; sie saß auf einem Sessel, der wohlweislich zum Wohnungsinnern hin gerückt war, damit die Leute ja nicht glaubten, sie litte unter Hitzewallungen ganz anderer Art und stellte sich deswegen zur Schau.

Als Vito an seiner Haustür ankam, steckte er die Hand in die Hosentasche, um den Schlüssel herauszuholen. Da explodierte hinter seinem Rücken ein Schuß wie ein Kanonenschlag, und der Verputz an dem Wandstück zwischen der Tür und dem Balkon der Witwe Tripepi bröckelte ab und rieselte als Staub auf ihn nieder. Vitos Gehirn brauste wie ein stürmisches Meer, als er in Betstellung auf die Knie ging. Er betete tatsächlich, wenngleich das Gebet noch nicht sein Bewußtsein erreicht hatte. Aus dem tiefen Verlies seiner Erinnerung zerrte er die Worte des Bußgebets hervor, eins nach dem anderen, die er zusammen mit den ersten schuldvollen Gedanken bei den sonntäglichen Gottesdiensten gelernt hatte: »Gott, ich bereue und büße meine Sünden ...«

Und in diesem Augenblick trafen ihn der Klang der Worte und ihre Bedeutung, als wäre er von einem weiteren Gewehrschuß zwischen den Schulterblättern erwischt worden. Er sprang auf, öffnete hastig die Haustür und schloß sie hinter seinem Rücken.

Ein zweiter Schuß schlug in die Mauer ein, genau an derselben Stelle wie zuvor.

Mit der Schreibfeder hatte der Maresciallo Corbo noch nie auf gutem Fuß gestanden: Einen Rapport zu schreiben, wie er es gerade tat, hatte ihn immer schon übermäßige Anstrengung gekostet. Deshalb war er beim ersten Schuß sofort auf den Beinen, und beim zweiten hatte er bereits die Mütze auf dem Kopf und das Maschinengewehr über den Schultern.

»Du bleibst hier«, wies er Tognin an, der mit einem Satz aufsprang und dabei den Stuhl, auf dem er gesessen hatte, umwarf, »und weckst Carbone. Sag ihm, ich bin hinter der alten Kirche. Die Schüsse kamen von dort.«

Bevor er hinausging, sah er den Bauern an, auf den die zwei Schüsse wie Hammerschläge gewirkt hatten, die ihn ans Kreuz nagelten.

»Wußtest du, daß das Fest zu Ehren von San Calogero dieses Jahr früher beginnt?«

Dem Bauern verschlug es den Atem. Die respektlose Frage aus dem Mund des Maresciallo, der die Böllerschüsse zum Auftakt des Fests mit den zwei Schüssen aus der *lupara* verglich, die gewiß auf einen Christenmenschen abgegeben worden waren, hatte ihn zu Stein erstarren lassen.

»Seien wir doch vernünftig, beim Allmächtigen, gebrauchen wir doch unseren Verstand.«

Da gab es wenig zu überlegen, nicht nur sein Hirn, auch jeder einzelne Muskel seines Körpers weigerte sich, in die naturgegebene Ordnung zurückzufinden; er kam sich vor wie eine jener Quecksilbersäulen, die sich, wenn das Fieberthermometer kaputtgeht, in tausend winzige Kügelchen verwandeln, von denen jedes sein ungeordnetes und verwirrendes Eigenleben besitzt. Zwischen den krampfartigen Zuckungen, die sein Körper von Zeit zu Zeit an sein Bett weiterleitete, spürte er, wie Eisschauer über ihn liefen und eine dicke Schweißschicht die Kleider auf seine Haut festklebte.

Vito war Stufe für Stufe, das Bein nachziehend, die Treppe hinaufgestiegen; ein anhaltender Klagelaut drang dabei durch seine verschlossenen Lippen. Erst nach einer Ewigkeit war es ihm gelungen, die Wohnungstür aufzuschließen und hinter sich zu verriegeln. Wie ein nasser Sack hatte er sich in voller Kleidung aufs Bett geworfen. Aus Angst, erneut zur Zielscheibe für den Schützen zu werden, der draußen auf der Lauer lag, hatte er es nicht gewagt, die Fensterläden zu schließen. Ja, als er sich gedankenlos eine Zigarette in den Mund gesteckt hatte, war er beim Anreißen des Streichholzes erstarrt, als besäße der unsichtbare Schütze die wundersame Fähigkeit, das Geschoß eine so komplizierte Bahn wie die einer Billardkugel nehmen zu lassen. Sein Mund war angstverzerrt. Deshalb mußte er seinen Gesichtsausdruck kaum verändern, als der unerträgliche Schrekkensdruck einer rasenden Wut Platz machte, die ihn die Fäuste ballen ließ und die Tränen aus den Augen trieb.

»Bastarde, dreckige Hurenböcke«, stieß er schluchzend hervor und preßte das Gesicht ins Kopfkissen.

In den Fluch gegen den unbekannten Feind schloß er sämtliche Bekannte und Dorfbewohner mit ein, die er wie in einem Alptraum als Augen, Gesichter und Hände um sich herum versammelt spürte: Nicht eine einzige Stimme hatte sich erhoben, um im Anschluß an die Schüsse zu fragen, was denn passiert sei – und es war so sicher wie das Amen in der Kirche, daß sie aus dem ersten Schlaf geschreckt bis an die Decke gesprungen waren. Kein Schritt war auf der Piazza zu hören gewesen – wo sich die Leute doch tagsüber wie die Fliegen auf der Scheiße an den Angelegenheiten der anderen weideten, bis ihnen der Bauch platzte. Nichts. Grabesstille, das war das passende Wort. So absurd es auch war, ihn quälte diese Gleichgültigkeit, die ihn in einem einzigen Augenblick zu einem Aussätzigen, zu einem aus der Gesellschaft Verstoßenen machte – schlimmer als der Tod, dem er nur knapp entgangen war. Er hätte ebensogut noch dort vor der Haustür liegen und im eigenen Blut ertrinken, vielleicht sogar um den Gnadenschuß bitten können, keiner hätte seinetwegen auch nur einen Finger gerührt. Bis zum frühen Morgen, wenn schließlich der Straßenfeger oder ein vorbeifahrender Kutscher in geheucheltem Erschrecken einen Schrei ausgestoßen hätte, denn auch sie, diese Hundesöhne, mußten die Schüsse gehört haben.

»Was habe ich denn getan, was habe ich bloß getan?«

Der Maresciallo Corbo stand reglos auf der Piazza und blickte um sich. Er fragte sich, aus welchem mysteriösen Grund nach einem nächtlichen Schuß selbst die Hunde in dieser verfluchten Gegend stundenlang verstummten, anstatt ihrem natürlichen Instinkt zu folgen und zu bellen; sie erschienen erst bei Tageslicht, mit gespieltem Gleichmut wie die Christenmenschen. Klagelaute vernahm er keine, wie sehr er auch sein Ohr anstrengte, und die zwei oder drei Gäßchen, die von der Piazza abgingen, hatte er bis in den letzten Winkel hinein abgesucht. Die Schüsse hatten weder er noch Tognin geträumt, das stand fest: Bei Tag würde er bestimmt etwas aufschnappen. Die Sizilianer, die sich des Rufs erfreuen, den Mund versiegelt zu halten, reden in Wirklichkeit – halblaut, verschlüsselt zwar, aber sie reden, man muß sie nur zu deuten verstehen. Es war sinnlos, noch länger hier herumzustehen.

In diesem Augenblick tauchte Carbone mit verschlafenem Gesicht auf, noch damit beschäftigt, sich die Uniformjacke zuzuknöpfen.

»Haben Sie etwas entdeckt, Maresciallo?« fragte er.

»Nein, gehen wir in die Kaserne zurück.«

Corbo und Carbone setzten sich in Bewegung und wußten, daß ihnen die Augen derer folgten, die sich bäuchlings auf den Balkonboden geworfen hatten, um die Straße zu beobachten, während ihre Frauen sie mit leiser Stimme vom Bett aus anflehten, sich ja nicht zu zeigen, sich um Gottes willen nicht einzumischen.

Plötzlich hielt Corbo inne und gebot Carbone mit einer Handbewegung, keinen Schritt weiterzugehen. Vor ihnen bewegte sich vorsichtig eine Schattengestalt und drückte sich an der Mauer entlang. Corbo wartete, bis der Mann fast gegen ihn stieß.

»Was haben wir denn, Mammarosa?« fragte er.

Der Blinde zuckte zusammen, aber er erkannte sofort die Stimme. »Nichts. Ich kann einfach nicht schlafen, Maresciallo«, erklärte er. Sein Atem ging schwer, als wäre er gerannt, doch vor dem Mann, den er nicht sehen konnte, versuchte er ruhig zu werden, beinahe strammzustehen. Corbo empfand Mitleid mit ihm.

»Geht nach Hause, wir begleiten Euch«, sagte er und hakte den Blinden unter. Schweigend legten sie das Stück Straße bis zur Behausung des Alten zurück. Vor der Tür konnte Mammarosa nicht mehr an sich halten.

»Maresciallo ...«, hob er an.

Corbo, der, kaum daß er ihn gesehen, den Grund für sein Herumschleichen erahnt hatte, legte ihm einen Arm um die Schultern.

»Versucht zu schlafen«, sagte er, »heute nacht ist nichts weiter passiert.«

»Gott vergelt's Euch«, grüßte Mammarosa und trat in seine Kate.

Stumm machten sie ein paar Schritte.

»Seltsam, nicht wahr«, platzte Carbone heraus; er war aus dem Dorf und arbeitete schon seit drei Jahren an Corbos Seite.

»Eben.«

»Was machen wir? Gehen wir gleich zu Don Vito?«

»Lassen wir ihn schlafen, wenn es ihm überhaupt gelingt«, meinte Corbo. »Morgen früh werden wir alle Zeit der Welt dazu haben.«

Eines Tages, beim Begräbnis von Don Guido Incorvaja, ehemaliger Bürgermeister unter den Faschisten, ehemaliger Vorsitzender der katholischen Junker sowie ehemaliger politischer Sekretär, der sich vor allem als Dieb bis zum letzten Atemzug treu geblieben war, hatte Vito aus dem Mund einer Dorfgröße eine Grabrede vernommen, die eine Lobeshymne auf die makellose Unbescholtenheit des Verstorbenen war. Keiner der Anwesenden hatte die notwendige Courage besessen, auch nur die Mundwinkel zu einem Grinsen zu verziehen; viele Köpfe hatten sich geneigt, um die Maserung der Pflastersteine zu betrachten, und eine kleine Schar von Trauernden, die bekanntlich immer vor Incorvajas Karren gespannt war, hatte mit ernster Miene zugestimmt. Als der Trauerzug die mühsame Steigung zum Friedhof eingeschlagen hatte – *sie haben ihn hinaufgebracht*, sagte man im Dorf, und gemeint war dabei sowohl der körperliche Akt, den Toten auf den Gottesacker oben auf dem Hügel zu tragen, als auch der metaphysische des Aufsteigens in den Himmel oder der Aufnahme in die Hölle, je nachdem –, hatte Vito sich, inspiriert von den langsamen Klängen der Dorfkapelle in Paradeuniform, in einer seltsamen Gedankenspinnerei verloren. Er hatte sich vorgestellt, daß alle Einwohner des Dorfs im Zuge einer riesigen Polizeiaktion namentlich erfaßt wurden. Für jeden einzelnen wurde eine Karteikarte angelegt, auf der wahrheitsgetreu die verborgenen Schuldvergehen, die geheimen Laster, die vertuschten Fehler, die stummen Gedanken verzeichnet waren. Damals hatte er sich gefragt: Wer weiß, was wohl auf meiner Karteikarte stehen würde. Und nach einer raschen Bilanz war er zu dem Ergebnis gekommen: nichts. Das war seinerzeit ein Spiel der Eigenliebe, ein Vergleich zwischen sich und jenem Toten gewesen, von dem die Volksphantasie schon wenige Stunden nach seinem Ableben behauptete, er habe mit habgierigen Klauen selbst nach dem Rosenkranz gegriffen, der ihm aus christlichem Mitleid und dem Brauch gemäß um die Hände gewickelt worden war.

Doch auch jetzt, nachdem die zwei Schüsse Vito zu einer Befragung seines Gewissens zwangen, als befände er sich vor dem Jüngsten Gericht, konnte er selbst bei krampfhaftem Überdenken der jüngeren Vergangenheit einfach nicht herausfinden, welche Fehler er versehentlich gemacht haben sollte. Er sah nichts anderes als eine Reihe von Worten und Handlungen, die allein schon aus dem Grund rechtens waren, weil er ihr Urheber war.

Die Klassenkameraden in der Grundschule hatten

ihm den Spitznamen »der Schatten« verpaßt: Er besaß nämlich die angeborene Fähigkeit, sich beim geringsten Anzeichen einer bevorstehenden Schlägerei aus dem Staub zu machen und erst dann wieder aufzutauchen, wenn die Friedenssonne hell am Zenit strahlte. So hatte er das Glück gehabt, bei keiner Gelegenheit Partei ergreifen zu müssen.

Masino, ein impulsiver, tollkühner Kerl, auf den er als einen ehrlichen Freund zählen konnte, hatte es schon vor Zeiten aufgegeben, aus ihm eine Meinung herauszupressen, die auch nur einen Millimeter von der gängigen abwich.

»Du bist wie ein Matrose«, sagte Masino zu ihm. »Du drehst dein Fähnlein nach dem Wind.«

Nicht einmal das traf jedoch zu, denn Masinos Urteil setzte eine gewisse Portion an Opportunismus oder eine Lebenseinstellung voraus, von der sein Freund jedoch himmelweit entfernt war. Hätte er gekonnt, hätte er allen recht gegeben, doch da dies nun mal nicht möglich war, zog er es vor, sich aus dem Staub zu machen. Aus Angst, sich bloßzustellen, mied er selbst Wahlveranstaltungen, die mehr aus Langeweile und zum Zeitvertreib denn aus politischer Überzeugung stets gut besucht waren. Statt dessen ging er ins Kino oder machte einen einsamen Spaziergang an der Hafenmole.

Vor Jahren auf einem Fest zu Ehren von San Calogero, dem schwarzen Frater und Dorfheiligen, der bis zum Fanatismus verehrt wurde, hatte sich Masino in Vitos Begleitung einem Verkaufsstand genähert, auf dem einige Pappmachéfiguren des Heiligen ausgestellt waren.

»Was kostet diese Marionette?« hatte er den Händler gefragt.

Und der, ein glühender ebenso wie streitbarer Verehrer des Heiligen, hatte deutlich den verächtlichen Ton von Masino herausgehört und erwidert: »Das ist keine Marionette, das ist San Calogero.«

Masino tat scheinheilig, und da er den Kerl vor sich schnell durchschaut hatte, war er fest entschlossen, die Sache übel ausgehen zu lassen. »Ich wollte nicht wissen, wieviel San Calogero kostet, sondern diese Marionette da.«

»Ja, spinnen Sie denn? Das ist keine Marionette!«

»Nein?«

»Nein.«

»Wenn es keine Marionette ist, was zum Teufel ist es dann?«

»Erklären Sie es ihm«, hatte der Händler mühsam an sich haltend zu Vito gesagt.

Der hatte den gefährlichen Freudenblitz in den Augen des Freundes bemerkt und rasch nach einem salomonischen Urteilsspruch gesucht.

»Es ist eine Marionette«, hatte er an Masino gewandt verkündet, »aber es ist auch San Calogero«, hatte er zum Standhändler hin abgeschlossen.

In der Tat: Das wahre Erdenglück könnte in der richtigen Antwort liegen, die alle Seiten zufriedenstellt. Doch leider handelte es sich meistens weder um Marionetten noch um Heilige wie San Calogero. Mit den Jahren und der Erfahrung war es ihm schließlich gelungen, seine blühende Phantasie einzudämmen, die ihm in der

Jugendzeit so schwer zu schaffen gemacht hatte, und folglich war er von den Gedanken, denen er die Freiheit ließ, konkrete Formen anzunehmen, zutiefst überzeugt. Wenn es nicht mehr weiterging, bediente er sich der Phantasie eines anderen – eines Menschen, der berufsmäßig damit Umgang hatte. In der Bibliothek seines Vaters hatte er zwischen dem unvermeidlichen *Bastard von Palermo* und den alten Sammelheften von *Die illustrierte Szene* eine der frühen Ausgaben von *Die Historie vom rasenden Roland* mit Illustrationen von Doré gefunden: Diese Lektüre, der er sich anfangs nur lustlos gewidmet hatte, war mit der Zeit zu einem streng eingehaltenen Ritual geworden. Wenn am Tag etwas schiefgelaufen war, wenn er bittere Brocken zu schlucken hatte und Lust bekam, Dinge zu tun, die er vielleicht bereut hätte, dann ließ er seinen Instinkten freien Lauf und tröstete sich mit der Lektüre der Schlacht der »Drei gegen Drei«:

Wenn sie in der Schlacht sich finden
und jede Lanz' am Schaft gebrochen gen Himmel fliegt,
wenn das Meer vor Lärm mächtig anschwillt…

Oder wenn er von einem anderen Fieber befallen wurde, das bei den hastigen Zusammenkünften mit Giovanna nicht wirklich gekühlt werden konnte, so gab es da als Heilmittel eine bestimmte Episode:

Fiammetta rücklings darniederlag,
geradewegs zwischen ihre Beine er kam,
und als er nah bei ihr, sie ganz fest in die Arme nahm…

Da war nichts zu machen. Wie sehr er auch sein Gedächtnis anstrengte, um einen bestimmten Vorfall wieder ans Licht zu holen, irgendein Ereignis, das er bei einer ersten Gewissensprüfung als absolut harmlos erachtet hatte – er fand einfach nichts, auch wenn er die Sache unter einem ganz anderen Blickwinkel, vielleicht aus der Sicht eines Beteiligten oder nur eines Zeugen betrachtete. Und die fortdauernde Bestätigung seiner Unschuld erhöhte am Ende gar seine Qual und seine Angst, anstatt ihm wohlzutun: Wenn Vito die abgerissenen Kalenderblätter seines Lebens durchging – die keinen sehr hohen Haufen bildeten –, empfand er das Fehlen jeglicher Schuld selbst schon als eine Schmach; sie brannte wie ein glühendes Eisen in seinem Fleisch.

»Auch du, geh schlafen«, meinte Corbo zum Bauern. Der aber blieb hocken.

»Nach Hause?« Doch am Ton seiner Frage und an seiner Haltung war zu erkennen, daß er sich keine Hoffnung machte, was die Antwort anging.

»Pah«, rief Corbo, »bist du denn übergeschnappt?«

»Ich habe eine reine Weste«, begann der Bauer in jammerndem Ton. »Ich habe sie mir nicht schmutzig gemacht.«

»Das weiß ich«, entgegnete der Maresciallo. »Warum sollte ich mir die ganze Nacht um die Ohren schlagen, damit du mir Dinge sagst, die ich ohnehin schon weiß. Du mußt mir die sagen, die ich noch nicht weiß.«

»Soll ich vielleicht die Zukunft weissagen?«

»Ja, sieh zu, daß du sie weissagst. Aber laß dir Zeit, sie wird dir schon einfallen. Hier bei uns wirst du dich wohl fühlen. Bring ihn rüber«, sagte er zu Tognin. Carbone schickte sich an, ihnen zu folgen. »Du nicht«, sagte Corbo. »Wir lassen uns die Sache noch mal durch den Kopf gehen, wir beide, dann legen wir uns noch drei Stündchen aufs Ohr.«

Nach stundenlanger Pein hatte er einen völlig ausgedörrten Hals, als hätte er tagelang pausenlos geredet, und mußte unbedingt etwas trinken. Mühsam erhob er sich – seine Beine waren wie aus Blei – und ging gebückt in Richtung Küche, den Kopf zwischen die Schultern gezogen, als wollte er sich vor weiteren Gewehrschüssen schützen. Er tastete den Geschirrschrank ab, um sich ein Glas zu nehmen, als er in der Stille deutlich ein leises Geräusch hinter der Wand vernahm, wie von einem Stuhl, der gerückt wird. Er konnte sich nicht beherrschen und machte einen Satz nach hinten. Dann begriff er, daß das Geräusch aus der Nachbarwohnung kam, wo die Witwe Tripepi wohnte: Da die Frau allein lebte, konnte es niemand anders als sie gewesen sein. Er ging zum Spülstein, öffnete den Wasserhahn, ließ das Wasser laufen, damit es kühler wurde, und füllte das Glas. Als er es an die Lippen führte, kam ihm ein Gedanke. Er trank in langen Zügen und versuchte, dem Ganzen ein logisches Gerüst zu geben. So wenig ihm von den schrecklichen Augenblicken in Erinnerung geblieben war, zwei Dinge wußte er mit Gewißheit: Als er um die Ecke auf die Piazza gebogen war, hatte die Witwe noch auf ihrem Balkon gesessen und war von der Straße aus zu sehen gewesen, auch wenn ihr Stuhl hinten im Zimmer stand. Der Schuß war oberhalb des Türrahmens eingeschlagen, nämlich oben rechts, in der Mitte zwischen der Tür und dem Balkon der Tripepi, weshalb auch der Verputz auf ihn heruntergebröselt war. Auch der zweite Schuß, nachdem er die Tür geschlossen hatte, war der gleichen Bahn gefolgt wie der erste – das zumindest schloß er aus dem Einschuß. Die Schüsse waren viel zu hoch gewesen, als daß man mit Sicherheit hätte sagen können, sie hätten ihm gegolten. Wie ein durstiger Hund, der Panik in sich hochsteigen fühlt und im Schlamm nach einem Tropfen Wasser sucht, fand Vito etwas Erleichterung in dieser Idee.

Über die Witwe Tripepi wußte er wenig. Nach dem Tod ihres Mannes vor fünf Jahren hatte die Frau die Wohnung nebenan bezogen, und doch hatte Vito außer einem Gruß auf der Treppe noch nie ein Wort an sie gerichtet. Die Witwe Tripepi war noch jung und ansehnlich und führte ein zurückgezogenes Leben. Von Zeit zu Zeit suchte eine entfernte Verwandte sie auf und leistete ihr Gesellschaft. Im Dorf wurde wenig über sie geredet: Es gab keinen Klatsch über sie, und die wenigen Male, da man auf sie zu sprechen kam, ersparten Masino oder Vasalicò ihr die Anspielungen, die gewöhnlich das Kreuz aller jungen Witwen sind.

Doch wer weiß, was den Frauen so im Kopf herumgeht. Im übrigen war sie nicht einmal von hier, sie war zehn Jahre zuvor zusammen mit dem Ehemann aus Palermo ins Dorf gezogen. Es konnte sich ja um Geschichten von früher handeln.

»Morgen früh«, sagte er sich, »gehe ich hin und spreche mit ihr.«

So fand er die Kraft, ins Schlafzimmer zurückzukehren, sich auszukleiden und im Morgengrauen erschöpft in einen leichten Schlaf zu fallen.

In Masinos Café, das eben erst aufgemacht hatte, stand noch der scharfe, kalte Zigarettenqualm vom Vorabend; der Duft der ofenfrischen Brioches, die der Bäcker gerade gebracht hatte, und des Kaffees kamen nicht dagegen an. Der Cavaliere Attard, ein Frühaufsteher, saß in einer Ecke vor seiner *granita di limone*, in die er einen Mürbeteigkeks tunkte, und war heute besonders ungehalten.

»Das ist der reinste Wahnsinn! So weit sind wir jetzt schon!« stieß er hervor und fuhr noch aufgebrachter fort: »Zur Zeit des Faschismus hätte es so etwas nie und nimmer gegeben!« Er warf herausfordernde Blicke auf die Seemänner und die Packer, die besten unter den Hafenarbeitern; sie kannten ihn gut, und seine Worte gingen ihnen zum einen Ohr rein und zum andern wieder raus. Der Cavaliere Attard war der letzte politische Sekretär im Ort gewesen, bevor die Amerikaner kamen: Vierundzwanzig Stunden vor ihrer Landung, unter einem Geschoßhagel vom Himmel und von der See, hatte ein anderer, der mehr Erfahrung hatte als er und schon die Fahrkarte nach Rom in der Tasche trug, ihm eiligst die begehrte Befehlsgewalt übertragen. Infolgedessen hatte der Schneider, der – wie alle anderen auch – Haushalt und Geschäft in einem in den Mergelboden gegrabenen Unterschlupf untergebracht hatte, einen ganzen Tag und eine ganze Nacht lang auf den Beinen bleiben müssen, um ihm die Uniform zu nähen.

»Sehen Sie, Cavaliere, mir scheint, es ist vertane Müh'«, hatte der Schneider beim Einfädeln des Fadens wagemutig verlauten lassen.

»Befehl ist Befehl.« Mit diesen Worten hatte der Cavaliere ihn zum Verstummen gebracht.

In der Uniform war er gerade noch rechtzeitig aus dem Versteck gekommen, um sich vor einem amerikanischen Soldaten aufzubauen; als der ihn plötzlich schwarz wie Tinte gekleidet vor sich sah, hatte er erschrocken einen Satz nach hinten gemacht. Gewiß hatten sie ihn in Amerika unzulänglich über die Gefährlichkeit sizilianischer Faschisten aufgeklärt.

Im Nu sah sich der Cavaliere von anderen Soldaten umgeben, die ihn herumstießen, prügelten und auszogen – seine in gleich große Stücke zerrissene Uniform wurde unter den Angreifern wie eine Reliquie verteilt; in Unterhose wurde er Seite an Seite mit den Negern gezwungen, Militärkisten von den Amphibienfahrzeugen abzuladen, die ununterbrochen im Hafen eintrafen, in einem heillosen Durcheinander von Stimmen und Geräuschen.

Als er aus der Gefangenschaft entlassen wurde, holte eine Schar junger Männer ihn am Bahnhof ab, um ihm den Posten eines Ortsgruppensekretärs der neu gegründeten neofaschistischen Partei, kurz MSI, anzubieten. Doch der Cavaliere hatte entschieden abgelehnt: »Ich werde auf immer der unverfälschten Idee die Treue halten«, lauteten seine Worte. Und er war um nichts in der

Welt dazu zu bringen, sich das Abzeichen irgendeiner anderen Partei anzustecken – »Der Cavaliere Attard wählt nicht«.

Vasalicò begriff beim Eintreten sofort, daß der Cavaliere heute groß in Form war.

»Haben Sie gut geschlafen, Cavaliere?« erkundigte er sich zuvorkommend.

»Ich schlafe, wie Ihr Bruder, dieser Hornochse von Bürgermeister, will, daß ich schlafe.«

»Wieso, haben die Schnaken Ihnen zugesetzt? Die gab's auch zu Zeiten des Faschismus, wie mir scheint«, entgegnete Vasalicò ruhig.

»Nein, der Herr, die gab es nicht. Schreiben Sie sich das hinter die Ohren, der Faschismus hat den Schnaken den Krieg erklärt. Und auch den Fliegen! Und auch den Malariamücken!«

»Ist ja in Ordnung, doch da die Faschisten den Krieg verloren haben, sieht es so aus, daß die Schnaken ...«

»Was heißt, ›ist ja in Ordnung‹! Die Schnaken haben damit überhaupt nichts zu tun! Die Schnaken schießen nicht mit der *lupara* mitten im Dorf!«

Mit einem Schlag herrschte Schweigen im Café. Die Gesichter derjenigen, die vergnügt dem Wortgefecht beigewohnt hatten, nahmen einen ernsten und leicht abwesenden Ausdruck an.

»Es wurde geschossen?« fragte Vasalicò ehrlich überrascht. Und da er sah, in welche Richtung sich das Wortgeplänkel entwickelte, schlug er dem Cavaliere gegenüber einen anderen Ton an.

»Hören Sie, Sie sollten sich zweimal überlegen, was Sie

sagen. Was hat mein Bruder denn damit zu tun? Wischen Sie sich erst einmal das Maul ab, bevor Sie so über meinen Bruder reden, haben Sie verstanden?!«

»Ich rede, wie es mir paßt! Sie sind es, der hier provoziert!« Der Cavaliere war aufgestanden und hielt den Mürbeteigkeks drohend in der Faust.

»Sie können mich mal am Arsch lecken! Kümmern Sie sich lieber mal um Ihren Enkel!«

Das war ein knallharter Schlag unter die Gürtellinie. Die Tochter des Cavaliere hatte genau ein Jahr nach der feindlichen Besetzung ein Kind zur Welt gebracht, das eine sehr viel dunklere Hautfarbe hatte, als die Sizilianer sie für gewöhnlich haben. Mutter und Sohn waren sofort nach der Niederkunft zu einer Schwester des Cavaliere geschickt worden, die in Taranto lebte, doch für die Hebamme war die Sache ein gefundenes Fressen und damit bald in aller Munde. Der Cavaliere, längst nicht mehr rot, sondern gewitterblau im Gesicht, warf hundert Lire auf den Tisch und ging hinaus; es hatte ihm buchstäblich die Sprache verschlagen.

Vasalicò näherte sich der Theke und blickte Masino, der ihm eine Tasse Kaffee reichte, durchdringend in die Augen. Masino antwortete auf die stumme Frage mit einem kaum vernehmbaren Murmeln: »Auf Vito.«

Vasalicò wäre, wie vom Schlag getroffen, beinahe die Tasse aus der Hand gefallen.

»Auf Vito?«

Bei dem unablässigen Klopfen an der Haustür wurde Vito langsam wach; es dauerte einige Zeit, bis er den bleiernen Schlaf, der ihn kurz nach dem Morgengrauen übermannt hatte, verscheucht hatte.

»Jesus Christus, es ist schon spät«, dachte er, kaum war er bei Bewußtsein, dann sprang er aus dem Bett und ging Richtung Tür. Die Erinnerung an das, was am Vorabend geschehen war, schlug wie aus dem Hinterhalt zu, und für einen Augenblick bekam er weiche Knie. Sollte er aufmachen? Andererseits konnte er sich ja nicht auf Lebzeiten in der Wohnung einschließen.

»Wer ist da?« fragte er mit einer Stimme, die ihm nicht wie die seine vorkam.

»Ich bin's, Pinuzzo.«

Er machte auf. Pinuzzo, der Gehilfe, der ihm für zwei Eier pro Tag und fünfzehntausend Lire im Monat im Hühnerstall unter die Arme griff – dreitausend Hühner, die außer seiner einzigen Verdienstquelle auch sein ganzer Stolz waren –, stand auf der Schwelle und sah ihn fragend an.

»Was stehst du da herum? Komm rein.«

»Gehen Sie heute nicht aufs Land?«

»Komm rein«, drängte Vito ihn und trat beiseite. »Nein, heute nicht. Ich habe diese Nacht nicht geschlafen.« Er biß sich auf die Zunge, weil ihm diese Worte entschlüpft waren: Pinuzzo würde keine Zeit verlieren und sie den Lästermäulern zuspielen.

»Geh du. Hier sind die Schlüssel. Gib den Hühnern das Futter und sammel die Eier ein. Du kannst sie im Schuppen lassen, ich gehe später hin, um sie abzuholen.«

Das Rasieren machte ihm einige Mühe, und er schnitt sich viermal.

Als der Maresciallo Corbo sich um acht Uhr den Bauern vorführen ließ, begriff er sofort, daß die Nacht dem Mann zu einem klaren Kopf verholfen hatte. Mit anderen Worten: Er brauchte bei ihm nur das begonnene Zeremoniell mit der Übernachtung in Sicherheitsverwahrung, den Drohungen und Versprechungen fortzusetzen, damit der Bauer sich nicht wie ein Verräter vorkam, wenn er sich entschied, den Mund aufzumachen. Er ließ ihn Platz nehmen, bot ihm einen Cappuccino und eine Zigarette an, sagte ihm, daß er ja verstehe, wie unbequem es sein müsse – besonders für jemanden, der nicht daran gewöhnt war –, auf der Holzpritsche zu schlafen. Er sah sich bemüßigt zu erklären, daß er nicht wie der Maresciallo Cangemi von der Sondereinheit in Masàra sei, dessen Methoden, mit denen er selbst Taubstumme wieder zum Sprechen brachte, geradezu legendär waren. Doch auch er könne, bei gegebenem Anlaß, genauso böse werden wie Cangemi, und sogar noch böser. Danach rief er dem Bauern den achtjährigen Sohn, die Ehefrau Carmelina und den Esel ins Gedächtnis, die er allein auf dem Land ihrem Schicksal überlassen hatte, und wenn er so weitermachte, könnte er seine Heimkehr in den Wind schreiben. Er malte ihm aus, wie er genötigt sein würde, seinen kleinen Acker zu einem Schleuderpreis an den habgierigen Nachbarn zu verkaufen und zählte geschickt zukünftige Mißernten, Krankheit und Hungersnot auf. Als er glaubte, daß seine Worte die gewünschte Wirkung erzielt hatten, sprang er auf, stürzte sich mit Gebrüll auf den verdutzten Bauern und schüttelte ihn brutal.

Als der Bauer wieder zu Atem kam, fing er wie ein Wasserfall an zu reden. Seit drei Tagen, sagte er, quälten ihn Angst und Gewissensbisse, weil er, Salvatore Argento, immer eine saubere Weste gehabt habe, nie habe er sich irgendwo einmischen, nie habe er über seine Verhältnisse leben wollen, und jetzt hätten diese Schandkerle ihn gezwungen, Dinge zu tun, die er sich nicht im Traum hätte vorstellen können.

Er erzählte der Reihe nach: Drei Tage zuvor hatte er am frühen Morgen bei seinem üblichen Rundgang über den Acker auf dem Pfad den noch frischen Toten gesehen.

»Was heißt hier *frisch*?«

Frisch hieß, es war zu erkennen, daß er im Höchstfall in der vorherigen Nacht ermordet worden war und sich in beinahe derselben Position befand, in der der Maresciallo ihn gesehen hatte – mit dem Sack, den Schuhen und allem Drum und Dran.

»Kanntest du ihn?«

»Vom Sehen.«

»Habt ihr manchmal miteinander geredet?«

»Guten Morgen und guten Abend, sonst nichts.«

»Warum bist du nicht gleich zu mir gekommen, als du ihn entdeckt hast?«

Und da wurde es schwierig. Am Hemd des Toten war mit einer Sicherheitsnadel – darin wollte er ganz genau sein, je mehr Einzelheiten er auftischte, um so besser – ein Zettel angebracht, auf dem stand, die möglichen Passanten sollten den Toten nicht eher als drei Tage nach dem Auffinden melden.

»Aber du kannst doch gar nicht lesen, wie hast du dann gewußt, was da geschrieben stand?«

»Ich habe mir helfen lassen.«

»Von wem?«

»Von meinem Sohn.«

»Dem Achtjährigen?«

»Ja, der Herr. Er ist ein gescheites Bürschchen, er besucht die zweite Klasse.«

Nachdem er sich also den Zettel hatte vorlesen lassen und seine Frau und den Sohn zum Schweigen verdonnert hatte, war er zu dem Entschluß gekommen, keinem ein Sterbenswörtchen zu verraten.

»Und wo ist der Zettel jetzt?«

Um einen Stein gewickelt faulte er seit drei Tagen auf dem Grund eines Brunnens vor sich hin.

»War er mit Kugelschreiber oder Bleistift geschrieben?«

»Mit Kuli.«

»In was für einer Schrift? In Druckschrift?«

Nachdem diese Frage dem Bauern näher erläutert worden war, antwortete der, er glaube, die Schrift sei wie in den Zeitungen gewesen – Druckschrift also. Nachdem er den Entschluß gefaßt hatte zu schweigen, hatte er sich beeilt, den Toten mit Gesträuch zu bedecken.

»Hattest du Angst, ein anderer, der weniger schlau ist als du, würde zu uns kommen und uns von der Entdeckung erzählen?«

Nein, das war nicht der Grund. Der Grund war ein anderer: Es war ihm einer Christenseele nicht für würdig erschienen.

»Aber was denn?«

»Ihn auf freier Flur liegen zu lassen.«

»Warum?«

»Ich wollte nicht, daß die Hunde ihn auffressen.«

Am Ende der drei Tage hatte er die Strauchwedel entfernt und war in die Kaserne geeilt. Das war alles.

»Öffnen Sie, Signora, beim Heiland im Himmel, machen Sie auf!«

»Nein, ich mache nicht auf, gehen Sie weg.«

»Ich gehe nicht weg, bevor Sie mir die Tür nicht aufmachen.«

»Lassen Sie mich in Ruhe, lassen Sie mich doch in Frieden, was wollen Sie eigentlich von mir?«

»Ich möchte mit Ihnen reden.«

»Nein, ich mache nicht auf.«

Dieses Zwiegespräch wurde mit halberstickter Stimme zwischen Vito auf dem Treppenabsatz und der Witwe Tripepi hinter ihrer Wohnungstür geführt, und je mehr Zeit verstrich, um so heftiger fühlte sich Vito von einer ohnmächtigen Wut gepackt, der gleichen, die er manchmal gegenüber der Halsstarrigkeit eines Maultiers oder einer Ziege empfunden hatte.

Du häßliche, widerliche Bestie, dachte er, wenn du mir nicht aufmachst, renne ich die Tür ein und brech' dir dein Rückgrat mit Fußtritten.

Und genau in dem Augenblick, auf dem Höhepunkt seines Zorns, der ihn gewiß noch zu irgendeiner Dummheit verleitet hätte, kam ihm der rettende Einfall. Er versuchte, sich zu beruhigen, den Atem anzuhalten, um einen weniger panischen und drängenden Tonfall zu finden.

»Meine Dame«, sagte er leise, die Lippen ans Türholz gepreßt, »wenn irgend jemand vom Stockwerk über Ihnen vorbeikommt, was soll der sich bloß denken, wenn er mich hier so sieht?«

Sofort war ihm klar, ins Schwarze getroffen zu haben. Er konnte beinahe spüren, wie der Zweifel durch die Tür träufelte und die Mauer des Starrsinns anfraß.

»Machen Sie schnell«, hauchte er, »ich höre schon Schritte.«

Die Tür ging gerade so weit auf, wie die Kette es erlaubte, und Vito sah in dem Spalt das sorgenzerfurchte Gesicht der Witwe, die Anzeichen des Mitleids in ihrem Blick und ihre weißen, schmalen Lippen.

Eine Legende besagt, daß zwei Sizilianer, die in einem fremden Land wer weiß welchen Vergehens angeklagt waren, in getrennte Gefängniszellen gesteckt wurden, damit sie vor der mündlichen Verhandlung nicht miteinander reden konnten. Als sie vor den fremden König gebracht wurden, tauschten sie rasch einen Blick aus. »Majestät«, rief da der Kerkermeister, auch er ein Sizilianer, »jetzt ist alles umsonst. Sie haben miteinander gesprochen!«

»Was wollen Sie?« fragte die Witwe.

»Nichts«, erwiderte Vito, »verzeihen Sie.«

Er kehrte ihr den Rücken und ging die Treppe hinunter.

»Ein Mafiaverbrechen? Soll das ein Witz sein? Unser Dorf war immer schon von Trotteln bewohnt, hier lassen sich die Morde in den letzten zehn Jahren an den Fingern einer Hand abzählen, und jedesmal hat es sich um einen gehörnten Ehemann, um wirtschaftliche Interessen oder um jemanden gehandelt, bei dem das Oberstübchen Feuer gefangen hatte. Jedenfalls immer um Privatangelegenheiten.«

»Aber die Bombe, die vor einer Woche in der Garage der Gebrüder Sciortino gelegt wurde …«

»Die, mein verehrter Freund, zählt nicht. In dem Fall müßten wir ja auch Livernas Mercedes mitzählen, der vor einem Monat hochgegangen ist.«

»Den würde ich auch dazurechnen.«

»Da befinden Sie sich aber im Irrtum. Sowohl die Gebrüder Sciortino als auch Giosuè Liverna sind nämlich aus Comisini, die sind nicht von hier. Das ja, das sind erst echte Mafiageschichten!«

»Ja, und?«

»Nun, ich meine, es handelt sich um importierte Mafia, um Durchgangsmafia sozusagen, die hierhergekommen ist, um die Arbeitskräfte im neuen Zementwerk zu kontrollieren, die alle, wie Sie sagen, aus Comisini, Villagrande und Taro kommen. Erinnern Sie sich an den Film, wie hieß er noch? *Die Faust im Nacken?*«

»Ein netter Streifen.«

»Eben, etwas in der Art. Das sind deren Geschichten. Sehen Sie, es stimmt doch, daß die Bombe, von der Sie sprachen, weniger Aufsehen im Dorf erregt hat als die Schüsse von heute nacht, oder?«

»Das stimmt.«

»Und wissen Sie auch, warum? Die Bombe und der Mercedes sind Geschichten, die in dem Viertel Comisini passiert sind, wo die Leute wie Ziegen im Stall einer neben dem anderen wohnen und inzwischen ein Dorf innerhalb des Dorfs bilden. Sie setzen sich gegenseitig Hörner auf, sie schießen aufeinander, sie legen Bomben, aber was haben wir damit zu tun?«

»Wollen Sie die Koteletten tief geschnitten bekommen?«

»Tief. Wenn überhaupt, dann geht es uns etwas an, weil die Sachen hier bei uns im Ort passieren und zu verhindern wären. Ich hab' seinerzeit dem Bürgermeister gesagt, daß die neue Elektrozentrale, die Montecatini, und das Zementwerk unserem Dorf keinerlei Gewinn bringen würden, im Gegenteil.«

»Wer den alten Weg gegen den neuen eintauscht ...«

»Wie wahr gesprochen.«

»Und der Bürgermeister?«

»Der erwiderte, er könne nichts machen, das sei Sache der Regionalverwaltung.«

»Frißt du, so freß' auch ich!«

»Genau. Und letztendlich wandern unsere jungen Leute weiterhin aus, der eine geht nach Amerika, der andere nach Deutschland, und hier zu uns kommen diese Arbeiter aus dem Norden oder Leute aus dem Landesinnern, mit denen man besser nicht am selben Tisch sitzt. Hier wird es noch soweit kommen wie mit Tatuzzo Aurora, der, als er herausbekam, daß seine Frau mit einem anderen fickte, an die Öffentlichkeit trat und behauptete, Hörner aufgesetzt zu kriegen sei ein Zeichen des Fortschritts.«

»Aber der Tote, den sie gestern in einem Sack gefunden haben ...«

»Der wußte nicht mal, was eine Zementfabrik ist. Das war ein Schäfer aus Raccusa, der hin und wieder in dieser Gegend vorbeikam; den haben sie weiß der Geier wo wegen irgendeiner Geschichte mit Schafen oder so umgebracht und dann hierhergeschafft, um Corbo eins auf den Deckel zu geben.«

»Und die Schüsse von heute nacht auf Don Vito?«

»Einen feuchten Kehricht hat der Ermordete mit den zwei Schüssen auf Vito zu tun.«

»Nun, das war nur so dahergesagt. Da könnte auch irgendeine Geschichte sein zwischen ...«

»Also, wenn wir den Mund aufmachen wollen, um Wind zu machen, ist das ein Ding. Doch wenn wir ernsthaft miteinander reden wollen, dann tun wir das gefälligst, beim heiligen Strohsack! Sehen Sie, wenn es nicht stimmt, was ich sage, können Sie mir mit dem Rasiermesser, das Sie gerade in der Hand haben, die Eier abschneiden. Wissen Sie nicht, was für ein Typ der Vito ist? Wenn einer an dem vorübergeht und, die Zuhörer mögen sich die Ohren zuhalten, einen fahren läßt, ist der in der Lage, ohnmächtig zu werden.«

»Das ist mir bekannt.«

»Ja also?! Man sieht, daß irgendein Hundesohn ihm einen Schrecken hat einjagen wollen. Lausbubenstreiche sind das, mein Freund. In zwei Tagen wird sich herausstellen, daß es ein Scherz, ein Schabernack war, und das Ganze endet in einer fröhlichen Tafelrunde, einer Riesenfresserei in Catenas Taverne, und Vito bezahlt.«

»Schneiden wir auch den Bart?«

»Schneiden wir ihn.«

Jetzt hieß es, aus dem Haustor treten, nicht zu dem abgebröckelten Verputz hochschauen, die ersten Schritte unter dem grellen Sonnenlicht tun, das, so schien ihm, sein Innerstes vor den Augen seiner Mitbürger entblößte. Seine Nerven waren zu einem Bündel von Angst verknäult, und nach der Entdeckung, daß bei der Witwe Tripepi keineswegs schon der Ofen aus war, war sein Blut zu Wasser geworden. Er mußte sich dazu zwingen, wie an den anderen Tagen zu sein, nicht besorgter und nicht heiterer als gewöhnlich. Er schwitzte, aber es war ja Sommer, und der schlug vor seinem Abschied noch einmal mit letzter Grausamkeit zu und lieferte ihm ein Alibi, ganz selbstverständlich das Taschentuch aus der Hosentasche zu ziehen und sich damit von Zeit zu Zeit die Stirn abzutupfen.

Die Litanei der morgendlichen Grußworte an Bekannte und Freunde, deren jeweiliger Tonfall einer strengen Hierarchie von Zuneigung, Liebenswürdigkeit, Respekt und Brauch folgte, ging ihm wie üblich über die Lippen. »Wie geht's, wie steht's, Filì?« – »Sei gegrüßt, Totò.« – »Küß die Hand, Don Vicè.« – »Guten Tag, Pepè.«

Doch dieses Geflecht von Stimmen, das an anderen Tagen der lebendige Ausdruck friedfertigen Einvernehmens mit allen war und ihm Wohlempfinden verschaffte wie der warme Sonnenschein der Katze, hatte dieses Mal einen falschen Unterton. Vito bemerkte oder meinte zu bemerken, wie der eine oder andere Gruß durch eine halbe Geste, einen schrägen Blick, ein nicht ganz ausgesprochenes Wort, eine zweideutige Gebärde in etwas Düsteres und Erbarmungswürdiges zugleich verwandelt wurde: Als gäbe man sich ihm gegenüber wie an der Bettstatt eines unheilbar Kranken, der nicht um die Schwere seines eigenen Leidens weiß. Längst war er gezeichnet, es gab kein Entrinnen für ihn: Das Verhalten der Dorfbewohner sprach den zwei Schüssen ein eindeutiges Ziel zu und korrigierte die Schußbahn, die er vergeblich umzulenken versucht hatte, raubte ihm gnadenlos jede Hoffnung und Illusion und ließ die Kugeln in einen bestimmten Punkt zwischen Nacken und Schultern auftreffen.

Mammarosa lehnte am Türrahmen der ebenerdigen Kate und wartete ganz offensichtlich auf ihn; mit Verdruß wurde er sich bewußt, daß er Mammarosas Fragen nicht standhalten, keine Gleichgültigkeit an den Tag legen könnte. Er wich nach rechts aus in der trügerischen Hoffnung, daß der Klang seiner Schritte sich mit den anderen Geräuschen der Straße vermischte. Für eine Weile erwiderte er die Grußworte der Passanten mit einer Handbewegung, begleitet von einem vagen, undeutlichen Gemurmel, bis er rasch außerhalb der Reichweite des Blinden war. Doch auf die momentane Erleichterung folgte eine befremdliche Verblüffung, ähnlich der, die ein friedfertiges Wesen verspürt, wenn es in außergewöhnlichen Fällen gezwungen ist, Gewalt anzuwenden, und sich danach fragt, welcher unbekannten Seite seines Ichs ein solches Verhalten nur entspringen könnte. So wunderte sich Vito, woher er die Kraft genommen hatte, die Privatsphäre der Witwe Tripepi zu verletzen, die Pein von Mammarosa zu ignorieren, sich den Blicken aller auszusetzen und nach außen hin seelenruhig seinen Fuß ins Café zu setzen.

Er hörte, wie die Lautstärke des Geredes unter den Gästen rapide abnahm, und das versetzte ihm so etwas wie einen elektrischen Schlag. Trotzdem näherte er sich der Theke.

»Gib mir etwas Kaltes zu trinken«, sagte er zu Masino.

»Willst du keinen Kaffee?«

»Nein, ich hab' 'ne trockene Kehle.«

Masino schenkte ihm eine Orangeade ein.

»Wieso bist du heute nicht aufs Land gegangen?«

»Ich hatte im Dorf zu tun. Ich habe Pinuzzo hingeschickt.«

Masino ließ ihn stehen, um weitere Kaffees aus der Maschine zu lassen, doch bevor Vito sein Glas geleert hatte, kam er noch einmal zu ihm.

»Heute früh haben sie guten Fisch an Land gebracht«, sagte er. »Ich habe ein Kilo Seebarsch gekauft. Wenn du um eins vorbeikommst, gehen wir zusammen zu Catena und lassen sie uns von ihm zubereiten.«

»Um eins«, stimmte Vito zu und verließ das Lokal, ohne zu wissen, wohin er gehen sollte.

Der schwarzgekleidete Mann mit den gelben Schuhen und der roten Krawatte, der an einem kleinen Tisch des »Caffè del porto« saß – das letzte auf dem Corso und das dem Meer am nächsten gelegene – und ein Bein auf einen anderen Stuhl gelegt hatte, sah zerstreut den Arbeitern zu. Die richteten die mit Glühbirnen gespickten Holzbögen – die Festbeleuchtung für die bevorstehenden Dorffeierlichkeiten – jeweils zwischen zwei Balkonen auf und befestigten sie daran. Träge strich sein Auge über die Stände mit *càlia e simenza* – geröstete Melonensamen und Kichererbsen – oder mit *gelato di campagna* – ein Gemisch aus farbigem Zucker und Pistazien – sowie über die Stapel harter Mandeltorrones, *cubàita* genannt. Plötzlich trat Vito ins Blickfeld seiner unter den halbgeschlossenen Lidern umherschweifenden Augen. Vito ging raschen Schrittes und mit geschäftiger Miene Richtung Hafen, als hätte er etwas Dringliches zu erledigen. Die Augen folgten ihm, ließen nicht von ihm ab, bis er um die Ecke gebogen war. Erst dann rührte sich der Mann aus der reglosen Starre, in die er versunken war – wie ein Spürhund, der das Wild wittert –, und strich sich den schmalen, gepflegten Lippenbart glatt.

»Weißt du, was ich dir sage? Ich gehe heute abend noch einmal hin«, meinte er.

Der andere, der neben ihm saß – ein gedrungener Typ, der die *coppola* tief in die Stirn gezogen hatte und eine zerlumpte Hose und ein über der Brust aufgeknöpftes Hemd trug –, beschränkte sich darauf, eine Grimasse zu ziehen.

»Was soll das?« fragte der Mann in Schwarz.

»Daß es heute abend sein soll, überzeugt mich nicht recht.«

»Wann mußt du schon von etwas überzeugt sein, Giovannino?« In dieser Frage lag eine abfällige Spitze, die der Angesprochene lieber überhören wollte.

»Es ist mir nicht geheuer, weil es noch zu früh ist. Wir könnten wie die Mäuse in die Falle gehen.«

»Und die Katze soll Corbo sein?« fragte der Mann in Schwarz mit einem Grinsen und übertünchte seinen verächtlichen Ton mit einem Spritzer überlegener Ironie.

»Die Abmachungen lauteten aber nicht so«, warf Giovannino, der mit der *coppola*, nach einer Pause erneut ein.

»Ich scheiß' auf die Abmachungen. Ich habe immer schon nach meinem eigenen Kopf gehandelt.«

Ein Armer, der mit einer Art Meckern um Almosen bettelte, war an ihren Tisch gekommen. Als der Mann in Schwarz ihn erblickte, machte er eine abfällige Geste.

»Ich habe vorhin schon etwas gegeben«, sagte er.

Der Bettler verdrückte sich. Es war wie beim Spiel der Farben, bei dem jemand an einem Fenster steht und seine Aufmerksamkeit auf irgendeine Farbe richtet: Plötzlich wimmelt die Straße vor lauter Gegenständen, Kleidern und Fahrzeugen in ebenjenem Farbton. Und so bemerkte der Mann urplötzlich, daß es auf dem Corso nur so wimmelte von Armen, Verkrüppelten, verlotterten Müttern mit Kindern im Arm oder am Rockzipfel, und allesamt bettelten sie in unterschiedlichen Jammertönen. Eine Art lebender, wuselnder Lumpenhof, doch der Mann, der über keinerlei kulturellen Bezugspunkte verfügte, verspürte so etwas wie Ärger und Beunruhigung.

»Und was ist das? Eine Versammlung?« fragte er den mit der *coppola*.

»Es ist wegen des Dorffests«, erklärte Giovannino, »sie kommen alle wegen des Fests.«

»Aber was für ein Fest ist das?«

»Das erkläre ich dir später«, meinte Giovannino.

Der mit dem schwarzen Anzug erhob sich und streckte und reckte sich ausgiebig.

»Wenn ich noch einen einzigen Tag länger in diesem Mistkaff bleibe, dreh' ich durch«, sagte er. Und fügte hinzu: »Laß uns ein wenig die Beine vertreten.«

Er machte sich auf den Weg, ohne auf seinen Begleiter zu warten.

»Einen wunderschönen guten Tag, Don Vito«, grüßte Corbo laut und herzlich schon aus dreißig Meter Entfernung.

Daß der Maresciallo die feste Absicht hatte, ihn in ein Gespräch zu verwickeln, merkte Vito an dem gemächlichen Schritt, mit dem er näherkam; da war nichts zu machen, er war an der äußersten Spitze der östlichen Hafenmole unterhalb des Leuchtturms gefangen – der einzige Ausweg wäre, sich ins Meer zu stürzen, und in einem Sekundenbruchteil von Panik war er versucht, genau das zu tun. Seit zwei Stunden war er bereits hier, um die Dinge zu überdenken und alles – Aussagen, Gesten, Blicke – wieder und wieder verbissen durchzugehen; doch jedesmal verklebte das negative Ergebnis sein Gemüt wie mit einer Pechschicht. Und jetzt auch noch Corbo, der hatte ihm zu seinem Glück noch gefehlt! Steckt man einmal in der Scheiße, sinkt man immer tiefer, dachte er voller Selbstmitleid. Der Platz war abgelegen, auf einem Felsen in der Nähe saß in sich versunken ein älterer Fischer mit Angelschnur; der Hafenverkehr, der sich ausschließlich auf dem mittleren Kai abspielte, drang wie ein gedämpftes Brummen herüber.

»Störe ich?« erkundigte sich Corbo.

»Um Gottes willen!« log Vito.

Corbo setzte sich gewichtig neben ihn, zog seine Mütze und legte sie auf die Knie, dann wischte er sich mit dem Unterarm den Schweiß von der Stirn, der dort eine glitzernde Krone gebildet hatte.

»Glauben Sie mir das?« sagte er. »Ich habe in dieser Saison kein einziges Mal richtig im Meer gebadet. Ach, das Meer ist schon etwas Schönes!«

Sie verharrten eine Weile schweigend, dann setzte Corbo seine Mütze wieder auf, als wollte er mit dieser Geste die Rückkehr zum offiziellen Teil einleiten.

»Guter Don Vito«, fing er an, »haben Sie mir nichts zu berichten?«

»Worüber?« fragte Vito scheinheilig und spürte, wie ihm das Herz in die Hose rutschte.

Corbo bückte sich, nahm eine Handvoll Kieselsteine und begann systematisch auf die Schale einer Wassermelone zu zielen, die in der Nähe der Felsen schwamm.

»Sehen Sie«, sagte er, »heute nacht, als geschossen wurde...« Er unterbrach sich und fragte: »Sie wissen doch, daß heute nacht in Ihrer Gegend geschossen wurde?«

»Ich habe die Schüsse gehört.«

»Gut«, fuhr Corbo fort, »als sie geschossen haben, bin ich sofort losgerannt – ich verhörte gerade einen Bauern –, aber ich konnte nichts entdecken. Auf dem Rückweg hatte ich mich schon fast damit abgefunden, daß alles vertane Liebesmüh' war, da begegnete ich Mammarosa, der Höllenqualen auszustehen schien. Carbone war bei mir, und der hatte denselben Eindruck. Er wollte, daß wir Ihnen umgehend einen Besuch abstatten, doch ich sagte nein.«

Er machte eine Pause. Vito verstand, daß es nun an ihm war zu sprechen, und setzte eine skeptische Miene auf.

»Verzeihen Sie mir«, sagte er, »ich glaube, nicht recht verstanden zu haben. Wenn ich nicht irre, hatten Sie und Carbone heute nacht die Absicht, zu mir nach Hause zu kommen?«

»Da irren Sie sich nicht«, entgegnete Corbo trocken und fuhr fort: »Wenn wir Sie noch mit pochendem Herzen und vor Schreck gefrorenem Blut angetroffen hätten, glauben Sie nicht, mein lieber Don Vito, daß Sie mir und meinem Kollegen etwas zu sagen gehabt hätten? Ich habe mich heute nacht Ihnen gegenüber als Freund erweisen wollen; heute morgen hatte ich eigentlich mit Ihrem Besuch in der Kaserne gerechnet. So habe ich mich schließlich auf den Weg gemacht, um Sie aufzusuchen. Hier bin ich nun.«

Wieder eine Pause. Da Vito nichts sagte und sein Gesicht immer noch gekünsteltes Erstaunen zeigte, begann Corbo geduldig noch einmal von vorne: »Kaum hatte ich Mammarosa gesehen ...«

»Und Sie wollen auf einen verkalkten Blinden hören?« fiel ihm Vito ins Wort.

»Tun Sie ihm nicht unrecht, diesem armen Alten«, sagte Corbo mit leichtem Tadel.

Vito spürte, wie ihm die Schamröte ins Gesicht schoß, und dankte Gott, daß der Maresciallo, der mit Steineschleudern beschäftigt war, ihn nicht beobachtete.

»Außerdem hat Mammarosa nicht einmal den Mund aufgemacht«, fuhr dieser fort.

»Ja also, was läßt Sie dann glauben, daß ...«

»Jetzt tun Sie bitte mir kein Unrecht. Die Leute reden auch dann, wenn sie lieber den Mund halten sollen. Stellen Sie sich vor, wie's wäre, wenn sich einer in den Kopf setzen würde, noch Öl ins Feuer zu gießen: Die Sachen, die man wissen will, gehen in einem Meer von Unterstellungen, Vermutungen, Nachgerede und Getratsche unter ... man läßt lieber die Finger davon, mein verehrter Freund, eine Kloake, eine Sickergrube ist das.«

»Und was sollen die, die soviel reden, Ihrer Meinung nach über mich zu erzählen haben?«

»Nichts, lieber Don Vito, überhaupt nichts. Das ist ja das Rätsel. Sie wundern sich, daß es auf dem Antlitz dieser Erde einen so Ruchlosen geben kann, der Ihren Tod will.«

Wie ein Peitschenhieb trafen ihn diese Worte. Vito zuckte zusammen, was der Maresciallo deutlich sah, der ihn in diesem Augenblick aufmerksam musterte.

Hornochse! Das hat er mit Absicht gemacht! fuhr es ihm wie ein Blitz durch den Kopf, während er – über sich selbst verwundert – mit ruhiger Stimme nachfragte: »Und Sie glauben das?«

»Was?«

»Daß mich jemand, wie Sie sagen, tot sehen will.«

Corbo kramte übertrieben langsam ein Päckchen Zigaretten heraus, bot Vito eine an, der jedoch ablehnte – in Wirklichkeit hatte er eine Wahnsinnslust zu rauchen, doch er befürchtete, daß seine Hände zittern könnten –, und nahm erst einen Zug, bevor er antwortete.

»Für den Moment glaube ich noch, daß sie mit Ihnen Katz und Maus spielen.«

Auch du, überlegte Vito voll Bitterkeit, der du dich als Freund aufführst, verpaßt mit deinem Päckchen Zigaretten, dem Streichholz, dem ganzen Scheiß keinen Augenblick die Gelegenheit, den Sbirren rauszuhängen.

»Ich will damit sagen«, setzte der Maresciallo seine Rede fort, »hegen Sie vielleicht irgendeinen Zweifel, daß man Sie, hätte man Ihnen wirklich eins überbraten wollen, nicht seelenruhig schon mit dem ersten Schuß hätte erledigen können? Und selbst wenn die Herren Sie beim ersten Mal aus irgendeinem x-beliebigen Grund verfehlt haben – was weiß ich, warum, vielleicht waren da Schritte oder eine Stimme, ein plötzliches Licht –, denken Sie etwa, daß sie Ihnen so viel Zeit gelassen hätten, bevor sie den zweiten Schuß abfeuerten? Der ebenfalls das Ziel verfehlte?«

»Verzeihen Sie«, unterbrach Vito ihn, »ich habe Ihnen eine Frage gestellt, und Sie haben mich mit all Ihren *Ihnen, ihn, Sie* ganz aus dem Konzept gebracht. Sprechen Sie über mich?«

»Ja, was haben die denn sonst gemacht, haben die etwa Räuber und Gendarm gespielt?« stieß Corbo hitzig aus und überhörte den Einwurf. »Ich bitte Sie«, sagte er mit einem Kopfschütteln zu Vito, der ihn erneut unterbrechen wollte, »ich kenne mich aus in solchen Dingen, das sind Leute mit Erfahrung, die machen das von Berufs wegen.«

»Aber was für Leute denn? Von wem reden Sie eigentlich?« begehrte Vito, in dem die Worte des Maresciallo neue Abgründe der Angst aufgetan hatten, mit schwacher Stimme auf.

»Sagen Sie es mir doch«, sagte Corbo leise.

»Aber ich sprach nur im allgemeinen!«

»Ich auch. Und immer noch ganz im allgemeinen sage ich Ihnen, daß die Ihnen eine Warnung, ein Alarmzeichen geben wollten: ›Passen Sie auf, mein Freund, wohin Sie treten!‹«

»Ist ja gut«, sagte Vito, »Sie mögen ja recht haben, das bestreite ich nicht, aber warum kommen Sie ausgerechnet zu mir und erzählen mir diese Geschichte?«

»Jetzt habe ich verstanden. Sie haben sich in den Kopf gesetzt, den starken Mann zu spielen. Aber für solche Dinge brauchen Sie Nerven wie Drahtseile, und Ihr Gewissen müßte ...«

»Das Gewissen haben die Wölfe, und: *Ein Wolf frißt den anderen nicht*«, entgegnete Vito barsch und bereute es sogleich, auf das Sprichwort angespielt zu haben, das wie ein halbes Geständnis klang.

»Doch Sie sind nun mal kein Wolf«, entgegnete Corbo schlagfertig. »Sehen Sie, mir kann das piepegal sein, es ist Ihre Haut. Im schlimmsten Fall werde ich ein Tatprotokoll aufnehmen müssen. Denn, das kann ich Ihnen versichern, als hätte ich persönlich den Finger am Abzug: Der dritte Schuß, wenn er denn fällt, wird jene Herrschaften für die ersten zwei fehlgegangenen entschädigen.«

Mit einem schwachen Lächeln auf den gespannten Lippen versuchte Vito, der Sache einen scherzhaften Anstrich zu verleihen. »Ich muß einfach lachen«, sagte er,

»wenn ich bedenke, daß Sie Ihre Zeit wegen einer Belanglosigkeit, eines Schabernacks vergeuden.«

»Das könnte sein«, meinte Corbo im ernsten Ton, »und ich wäre dann Ihretwegen froh, einen ganzen Tag verloren zu haben. Nur, ich glaube das nicht. Sie sind ein ehrbarer Mann in einem gewissen Alter. Sie haben nichts mit Weibern und Gesindel am Hut, Sie sind nicht einmal ein geselliger Mensch. Und wenn ich mich nicht täusche, dann lachen Sie jetzt auf genau die gleiche Weise wie Onkel Manuele, als er das Ruderboot verlor.«

Damit meinte er die zur Legende gewordene Geschichte eines Fischers aus dem Dorf, besagter Onkel Manuele, der in einer Sturmnacht mitbekam, wie ein Boot sich aus der Vertäuung gelöst hatte und von der Strömung aufs offene Meer getrieben wurde. Lauthals lachte er los, als er sich das Gesicht des Bootsbesitzers tags darauf vorstellte: Erst als nichts mehr zu retten war und die Wellen das Boot auf den Grund gerissen hatten, begriff Onkel Manuele endlich, daß es sich um sein eigenes Boot handelte, das er in der Dunkelheit nicht erkannt hatte.

»Ich muß ins Dorf zurück«, sagte Vito abrupt, »leben Sie wohl.«

»Warten Sie noch einen Augenblick. Es ist besser, wenn ich als erster gehe und Sie sich erst später auf der Piazza blicken lassen. Ansonsten könnten die nämlich glauben, Sie hätten mit mir geredet«, sagte Corbo lächelnd und fügte hinzu: »Ich bin absichtlich hierhergekommen, um keinem ins Auge zu fallen.«

»Dazu bestand keine Veranlassung«, sagte Vito.

»Um so besser«, beschied Corbo und erhob sich mit einem betrübten Blick aufs Wasser. »Nun ja, hier war's richtig angenehm.«

Seufzend rückte er seine Uniformjacke zurecht.

»Gestatten Sie mir noch eine Frage«, sagte er dann, »kannten Sie einen gewissen Gaetano Mirabile?«

»Den Schäfer?« fragte Vito und sah ihn von oben bis unten an.

»Ja.«

»Ja«, kam es wie ein Echo aus Vitos Mund.

»Kannten Sie ihn gut?«

»O Gott, gut könnte ich nicht behaupten ...«

»So einigermaßen?«

»Ich bin ihm hin und wieder auf dem Feldrain begegnet, und ein- oder zweimal haben wir ein paar Worte miteinander gewechselt.«

»Worüber?«

»Wie soll ich mich daran erinnern?«

»Versuchen Sie's.«

»Einfach so, Dinge ohne Bedeutung, über den Jahresertrag, den Eierpreis, den des Getreides und so weiter.«

»Wußten Sie, daß er ermordet worden ist?«

»Ja, ich habe gehört, wie gestern abend im Dorf davon gesprochen wurde, als ich auf dem Weg ins Kino war«, erwiderte Vito und fragte sich, worauf Corbo wohl hinauswollte.

»Und Sie denken nicht, daß es da irgendeinen Zusammenhang geben könnte?«

»Womit?«

»Mit den zwei Schüssen von heute nacht.«

»Sind Sie verrückt?« rief Vito entsetzt und war mit einem Satz auf den Beinen. Ein eisiger Schauder durchlief ihn, nicht wegen der Worte des Marescialllos, sondern auch, weil er begriffen hatte, daß er in die Falle gegangen war: Sein Schrei und sein Aufspringen waren eindeutiger als ein Geständnis.

»Es ist alles möglich«, sagte Corbo lächelnd und ging davon.

Seit einer geschlagenen Viertelstunde veranstaltete der Fremde einen Affenzirkus. Nachdem er seinen Fiat Millecento mit Turiner Kennzeichen vor Masinos Café geparkt hatte, war er ausgestiegen, um etwas trinken zu gehen. Als er zurückkam, fing er an zu schreien, jemand habe ihm in den paar Minuten, die er weg war, mir nichts, dir nichts, seine teure Fotoausrüstung aus dem Automobil geklaut. Er war ein kleines, kugelrundes Männlein mit Goldrandbrille und einer dünnen fahlblonden Strähne, die er über den Schädel gekämmt hatte, und er jammerte verzweifelt mit deutlich nördlichem Akzent: »Über eine Million! Mein Gott! Über eine Million Lire habe ich dafür bezahlt!«

»Sehen Sie gut nach«, riet ihm jemand mit unschuldigem und mitleidigem Gesicht.

»Vielleicht haben Sie die Kamera in den Kofferraum gelegt und dort vergessen«, schaltete sich ein anderer ein.

»Sie werden sehen, daß Sie sie im Hotel liegengelassen haben«, schlaumeierte ein Dritter.

Ein Sizilianer hätte eine solche Inszenierung längst

durchschaut und auffliegen lassen, weil er hinter der Besorgnis und dem Eifer der mitleidigen Umstehenden einen Scherz, ein flüchtiges Spiel von Schalk und Ironie entdeckt hätte. Der Turiner jedoch beschränkte sich darauf, zu sagen, daß er sich ganz sicher sei, die Ausrüstung mitgenommen und auch nicht in den Kofferraum gelegt zu haben.

»Warum sehen Sie nicht spaßeshalber nach, ob sie zufällig unter den Wagen gefallen ist?« wagte Vasalicò zu sagen, etwas ängstlich, denn womöglich würde der Fremde bei einer so absurden Vermutung schließlich doch merken, daß man ihn verarschte. Der aber machte Anstalten, sich zu bücken, und die Leute machten ihm Platz. Der Turiner ließ sich bäuchlings auf den Boden nieder, beschmutzte sich ordentlich Hände und Anzug und erhob sich enttäuscht. Die Umstehenden schüttelten betrübt den Kopf.

Der Cavaliere Attard, der gerade vorbeispazierte und begriff, wo die Glocken hingen, stürzte sich in die Menschenmenge, verschaffte sich mit wütenden Ellenbogenstößen Platz und stellte sich, die Hacken zusammenschlagend, vor.

»Ich bin der Cavaliere Attard.«

»Angenehm«, sagte der andere, reichte ihm die Hand und murmelte einen unverständlichen Namen.

Der Cavaliere ergriff die Hand und schüttelte sie kräftig. »Was ist geschehen?« erkundigte er sich.

»Dieser Herr hier«, erläuterte Vasalicò zerknirscht, »hat seinen Fotoapparat verloren.«

»In Wirklichkeit«, meinte der Signore schüchtern,

»bin ich mir nicht so sicher, ihn verloren zu haben, vielmehr glaube ich, daß er mir gestohlen wurde.«

»Hoho! Aufgepaßt, was Sie da sagen!« mahnte Vasalicò.

Der Cavaliere warf ihm einen vernichtenden Blick zu. »Kommen Sie mit mir«, forderte er den Fremden auf, »ich begleite Sie zu den Carabinieri. Sie müssen Anzeige erstatten.«

Der Angesprochene schien zu zögern, blickte um sich, sah aber nur in Gesichter, die so ausdrucksvoll wie eine nackte Glühbirne waren.

»Halten Sie das für angebracht?« fragte er etwas verunsichert.

»Für höchst angebracht sogar.«

»Wissen Sie, ich wäre meinerseits auch bereit, ein kräftiges Trinkgeld springen zu lassen ...«

»Kein Bakschisch. Wir sind doch hier nicht bei den Beduinen, oder?« entrüstete sich der Cavaliere.

»Vielleicht hat der Herr recht«, schaltete sich Vasalicò an diesem Punkt ein, und alle pflichteten ihm mit Nachdruck bei, da sie fürchteten, daß der ganze Zauber bald ein Ende hätte, wenn sich der Signore überzeugen ließe, zu den Carabinieri zu gehen.

»Schafsvolk«, zischte der Cavaliere, riß gebieterisch den Schlag des Wagens auf und nahm auf dem Beifahrersitz Platz. Dem Fremden blieb nichts anderes übrig, als ihm zu folgen und den Motor anzuwerfen.

»Wohin fahren wir?«

»Immer geradeaus, es ist nur drei Schritte weit.«

Vor der Kaserne angekommen, verriegelte der Turiner

dieses Mal sorgfältig seinen Wagen und bedankte sich herzlich bei dem Cavaliere. Dann machte er sich auf den Weg, Anzeige zu erstatten, doch man sah ihm an, daß er sich seiner Sache nicht sehr sicher war.

Corbo erwartete ihn in Hemdsärmeln; er war erst seit kurzem von der Hafenmole zurück, und sofort hatte Tognin ihm gemeldet, daß da einer aus Turin sei, der wegen seines gestohlenen Fotoapparats Krach schlug. Corbo hatte sich nicht das Vergnügen nehmen lassen, diesen Polentafresser warten zu lassen – was glaubte der wohl, wer er war, wegen einem Furz einen solchen Aufstand zu machen!

»Nehmen Sie Platz, ich habe wenig Zeit«, platzte er grob heraus. »Erzählen Sie mir, was Ihnen zugestoßen ist.«

»Mir nichts«, erwiderte der andere, »aber ich mußte einfach diese Komödie auf die Beine stellen, Sie werden verstehen ...«

»Nein«, sagte Corbo noch finsterer. »Ich verstehe nicht.«

»Ich bin Capitano Bartolini, Hauptmann vom Finanzamt.«

»Sie werden entschuldigen«, meinte Corbo betreten, während er zum Kleiderhaken eilte und nach der Uniformjacke griff, »heute früh wurde ich von der Dienststelle über Ihr Eintreffen unterrichtet, aber ich habe nicht gedacht ...«

»Ich will alles über den Toten, diesen Mirabile wissen«, schnitt Bartolini ihm das Wort im Mund ab.

Ojemine! dachte Corbo. Dann ist das also eine dicke Sache!

»Ganz dick«, sagte der Capitano, als hätte er die Gedanken des anderen gelesen.

»Vito hat geredet«, verkündete Giovannino, der Mann mit der *coppola*, aufgeregt und voller Besorgnis.

Don Pietro trank sein Glas Milch in aller Ruhe aus, leckte sich die Lippen, schnalzte mit der Zunge und verkündete, es gäbe nichts Besseres auf der ganzen Welt als frischgemolkene warme Ziegenmilch. Er fügte hinzu, daß er jedesmal, wenn er nach Palermo ging und ein Glas Kuhmilch trank, Sodbrennen und Magenschwere davon bekam. Der kräftige junge Mann um die Dreißig an seiner Seite meinte, ihm werde schon bei der bloßen Erwähnung von Kuhmilch speiübel. Don Pietro fuhr ruckartig mit dem Kopf nach hinten, ließ sich die letzten Tropfen in die Kehle laufen und reichte dem Jüngeren das Glas. Erst jetzt zeigte er Interesse für die Worte des Manns mit der *coppola*.

»Wann war das?« fragte er.

»Gerade eben. Ich spazierte mit Ticktack die Mole entlang...« Er unterbrach seine Rede. »Apropos, Ticktack ist nervös geworden«, sagte er.

»Eins nach dem anderen«, meinte Don Pietro.

»...und da sahen wir Vito Seite an Seite mit Corbo am äußersten Ende der Nordmole sitzen. Sie haben eine ganze Weile die Köpfe zusammengesteckt. Corbo ist dann allein ins Dorf zurückgegangen.«

»Worüber haben sie gesprochen?«

»Was weiß ich? So nah dran war ich auch wieder nicht.«

»Wie kannst du dann behaupten, daß Vito die Sache ausgeplaudert hat?«

»Mir schien es so.«

»Wem was scheint, der schießt gleich«, sagte Don Pietro lapidar. Der Mann mit der *coppola* schluckte.

»Und wieso ist Ticktack nervös geworden?«

»Er hat behauptet, um eine solche Sache zu erledigen, hätte man nicht ihn gebraucht.«

»Wieso, ist er etwas Besonderes? Dieser Ticktack wird ein richtig aufgeblasener Fatzke. Wenn er sich weiter so aufplustert, läuft er Gefahr, daß er eines Tages platzt. Je unsicherer seine Hand ist, desto mehr hält er sich für den Allmächtigen in Person.«

»Ein Sack Scheiße ist er«, lautete der Kommentar des jungen Manns.

Don Pietro drehte sich um und sah ihn über den Brillenrand hinweg an. Der Bursche begriff, daß er vorlaut gewesen war, und trat einen Schritt zurück.

»Also, was will er tun?«

»Er sagt, er will die Segel streichen und abhauen, das Dorf gefällt ihm nicht.«

»Ach, sieh einer an, was dem bloß durchs Hirn geht!« sagte Don Pietro und lachte vergnügt. »Und wo ist er jetzt?«

»Er ist wieder im Haus seines Cousins. Das Bein tat ihm weh.«

Don Pietro drehte den Kopf und sah den jungen Mann an.

»Weißt du, wie er sich das Bein kaputtgemacht hat? Damals warst du, glaube ich, noch gar nicht auf der Welt.«

»Ich war zwar noch nicht geboren, aber die Geschichte kenne ich trotzdem«, entgegnete dieser.

»Dann erzähl sie mir.«

»Ihnen soll ich sie erzählen?« fragte der junge Mann erstaunt.

»Ja. Ich liebe es, wenn man mir die Sachen erzählt.«

»Es war im Jahr fünfunddreißig, auf der Piazza von Mussolevi, als ein Bösewicht sich Ihnen näherte, den Revolver zückte, auf Sie zielte und Ticktack ihm mit einem Fußtritt die Waffe aus der Hand stieß. Der Angreifer hatte trotzdem noch Gelegenheit zu schießen und hat ihn ins Bein getroffen.«

»Nie darfst du das vergessen«, sagte Don Pietro, »wenn du den Namen Ticktack hörst. Damals hieß er nicht so«, erklärte er, »das ist ein Schimpfname, den man ihm hinterher wegen seines Hinkebeins verpaßt hat. Sag Ticktack«, fuhr er an Giovannino gewandt fort, »wenn er heute abend den zweiten Teil erledigen will, geht das in Ordnung.«

»Auch wenn Vito mit Corbo gesprochen hat?«

»Auch wenn Vito mit Corbo gesprochen hat. Schließlich, Giovannino, muß der Augenblick ja nicht dir günstig erscheinen, sondern Ticktack. Außerdem, woher wissen wir, ob nicht auch das einkalkuliert war? Ist es etwas Neues, daß Vito kein Ehrenmann ist und redet?«

»Mann ohne Ehr im Bauch, keinen Pfifferling taugt«, verkündete der Jüngere, was soviel bedeutete wie: Wer nichts für sich behält und alles ausplappert – obendrein vor den Gesetzeshütern! –, der hat kein Rückgrat, ist nichts wert, landet wie ein alter Schlappen im Graben.

»Was bin ich bloß für eine wichtige Person geworden!« stellte Vito bedauernd fest, als er sah, wie Pasquale eine Schar Hafenarbeiter, mit denen er gerade palaverte, einfach stehenließ und mit ausgestreckter Hand auf ihn zusteuerte.

»Hör mal«, sagte Pasquale mit mitleidigem Blick, »ich habe von der Geschichte von heute nacht erfahren.«

»Was hast du erfahren?«

»Vito!« sagte Pasquale vorwurfsvoll und spielte den Beleidigten. »Du sprichst mit einem Freund!« Dann fuhr er fort: »Seit heute früh, seitdem ich davon erfahren habe, geht mir die Sache nicht mehr aus dem Kopf.«

»Wer hat dir davon erzählt?«

»Mir? Vasalicò.«

»Und Vasalicò?«

»Masino.«

»Ihr habt also eine Stafette gebildet«, stellte Vito fest.

»Was kümmert dich das!« rief Pasquale. »Das ganze Dorf weiß es. Doch das ist unwichtig. Wichtig ist nur, den Grund dafür zu erfahren.«

»Wem sagst du das«, gestand Vito ihm, »ich zerbreche mir selbst den Kopf.«

»Ich kenne dich wie meine eigene Westentasche«, sagte Pasquale weiter, »und ich an deiner Stelle wäre sofort zu Peppi *monacu*, dem Einsiedler, gegangen, um mit ihm zu reden.«

»Red doch keinen Scheiß! Was hat Peppi *monacu* damit zu tun? Seitdem er aus dem Knast ist, war er kein einziges Mal bei ihr!«

»Das behauptest du. Ich beispielsweise habe neulich

nachts mit eigenen Augen gesehen, wie Peppi aus Giovanninas Haus kam.«

»Ist ja gut. Selbst wenn er manchmal zu Giovannina geht, die ja immerhin noch seine Frau ist, bedeutet das noch lange nicht, daß ihm jetzt mit einem Schlag das Ehrgefühl zu Kopf gestiegen ist und er anfängt, in der Gegend herumzuballern.«

»Und ich sage dir, daß die beiden wieder miteinander angebändelt haben. Was weißt du denn von den plötzlichen Geistesblitzen, die einen duldsamen Hahnrei durchzucken können? Eines Tages, wenn ihn die Hörner mehr als sonst jucken, macht er sich einfach auf und schießt.«

»Und fällt auf den Arsch«, sagte Vito.

»Denk daran, daß er zehn Jahre im Knast war, weil er mit dem Revolver herumgeballert hat. Ich würde ihm schon mal einen Besuch abstatten, ich bitte dich«, drängte Pasquale weiter.

»Ist ja gut, ich gehe hin«, sagte Vito und verabschiedete sich. Auch wenn die Sache ihn nicht überzeugte, hatte er nichts zu verlieren, wenn er Pasquales Rat befolgte. Er war bereits zur Witwe Tripepi gegangen, also konnte er auch noch zu Peppi *monacu*, dem Einsiedler, gehen.

»Wie Christus«, sagte er sich, »von Pontius zu Pilatus.«

»Aus Ihrem Rapport und dem des Amtsarztes, der die Autopsie durchgeführt hat«, sagte Bartolini, »geht hervor, daß sich Mirabile eine ganze Weile gegen seine Angreifer, mindestens zwei, zur Wehr gesetzt hat, bis sie ihn schließlich überwältigt und erledigt haben. Danach haben sie seine Leiche verschnürt, in den Sack gesteckt und weggeschafft. Mit anderen Worten: Es ist auszuschließen, daß er an der Stelle getötet worden ist, an der er gefunden wurde.«

»Völlig auszuschließen«, meinte Corbo.

»Gut. Anschließend haben sie ihn auf dem Feld dieses Bauern liegenlassen, wie heißt er noch gleich...« Er suchte in den Unterlagen nach dessen Namen.

»Argento. Salvatore Argento«, sagte Corbo und konnte vor Nervosität wegen der pingeligen Fragerei des Capitanos kaum noch an sich halten.

»Das ist unwichtig. Hier haben sie ihm den Zettel ans Hemd geheftet und die Schuhe auf die Brust gestellt. Jetzt ist die Schwierigkeit, herauszukriegen, wo sie ihn umgebracht haben.«

Wenn ich's wüßte, dachte Corbo, dann wären wir beide jetzt nicht hier und würden uns den Mund fusselig reden und das Essen anbrennen lassen, doch er beschränkte sich darauf zu sagen: »O ja, das ist ein schönes Problem.«

»Aber«, begann der Capitano erneut, »sehr weit weg von hier werden sie ihn nicht kaltgemacht haben. Es ist doch etwas gewagt, mit einer blutigen Leiche in der Gegend herumzulaufen, finden Sie nicht auch?«

In Turin vielleicht, ja, dachte Corbo, doch dieses Mal sagte er nichts.

Nach dieser Frage zeigte sich Bartolini plötzlich nicht mehr an den Papieren interessiert, er schob sie mit dem Arm beiseite, lehnte sich gemütlich an die Stuhllehne und beobachtete den Maresciallo.

»Ich wäre sehr froh«, sagte er, »wenn Sie mir Ihre persönliche Sicht der Dinge darlegen würden. Nichts Offizielles natürlich, das ist klar, ein paar vertrauliche Worte unter Freunden.«

»Zu Diensten«, sagte Corbo mit Nachdruck, der in Sachen Freundschaft immer sehr bedachtsam vorging. »Genauere Anhaltspunkte habe ich keine, ich könnte höchstens, einfach nur so, um Ihnen überhaupt etwas zu sagen …«

»Hören wir trotzdem«, ermutigte der Capitano ihn.

»Der Kollege aus Raccusa hat mir ein Phonogramm geschickt – das haben Sie auch gesehen –, in dem er mir mitteilt, daß dieser Mirabile sich seit einiger Zeit kaum mehr im Dorf blicken ließ. Alle hier glaubten, daß er ein Einwohner von Raccusa war, denn das erzählte er Hinz und Kunz. Also ist klar, daß …«

»Der wohnte schon seit drei Jahren nicht mehr in Raccusa«, unterbrach Bartolini ihn, »er hatte sich bei einem Orangengroßhändler in der Nähe von Catania eine Arbeit besorgt, und im vergangenen Jahr ist er zwei-, dreimal auch ins Ausland, genauer gesagt nach Deutschland gereist, um einen ausgewanderten Bruder zu besuchen.«

»Ach!« meinte Corbo. »Also dann …«

»Was ist?« fragte Bartolini, als er sah, daß der andere innehielt.

»Gestatten Sie, wenn Sie mehr wissen als ich, kommt es mir unsinnig vor, wenn …«

»Sie haben recht«, sagte Bartolini, »ich stelle Ihnen ein paar Fragen, das wird besser sein. Was können Sie mir über die Schuhe auf der Brust des Toten sagen?«

»Sehen Sie, Herr Hauptmann, bei uns findet man nicht einfach nur Geschmack am Morden, sondern liefert auch noch Erklärungen zu den Mordtaten: Ich bring' dich auf diese oder jene Weise um, weil du mir dieses oder jenes angetan hast. Wenn du beispielsweise geredet hast, anstatt zu schweigen, dann stopf' ich dir etwas in den Mund; wenn du mir ein Leid zugefügt hast, das den Tod verdient, dann lege ich dir das Schaufelblatt eines Feigenkaktus auf die Brust, und so hast du dieselbe Qual zu erdulden wie ich; und schließlich, wenn du abhauen willst, zieh' ich dir die Schuhe aus und sage dir: Hast du nicht gesehen, daß du barfuß bist? Wohin willst du jetzt noch fliehen, mit nichts an den Füßen?«

»Das paßt«, sagte Bartolini nach einer Pause zu sich selbst. »Und der Zettel?«

»Der Zettel ist nicht so leicht zu erklären. Entweder brauchten sie Zeit, eben diese drei Tage, oder sie dachten, wenn der Leichnam im Verwesungszustand und halb von den Hunden aufgefressen entdeckt wird, wäre das Exempel, das sie statuieren wollten, um so eindrucksvoller.«

»Ich glaube, die erste Erklärung ist die zutreffendste«, sagte Bartolini.

»Das glaube ich auch«, schloß sich Corbo ihm an.

»Und jetzt sagen Sie mir, hat dieses Verbrechen irgendwelche Auswirkungen auf das Dorf gehabt?«

»Nichts«, sagte Corbo. »Nur Kaffeehaustratsch. Der Tote war nicht von hier.«

»Aber er hat sich hier vor Ort umbringen lassen«, widersprach Bartolini, »oder zumindest in der näheren Umgebung. Nur Mut also.«

»Am selben Tag, an dem wir ihn gefunden haben«, begann der Maresciallo widerwillig, »wurden zwei Schüsse auf einen Mann im Dorf abgefeuert, die jedoch ihr Ziel verfehlten. Ehrlich gesagt, kann ich nicht behaupten, daß die beiden Vorfälle miteinander in Verbindung stehen.«

»Wer ist der Mann, auf den geschossen wurde?«

»Ein gewisser Vito Macaluso, Besitzer eines Hühnerstalls.«

»Was für ein Mensch ist er?«

»Nicht vorbestraft.«

»Vergangenes Jahr um diese Zeit«, sagte Bartolini, »wurde einer Person, die wir schon seit fünfzehn Jahren im Auge behalten und die zwischen 1933 und 1940 wegen Diebstahl, Betrug und Hehlerei und dann erneut wegen Diebstahl verurteilt worden und uns, Interpol und dem Rauschgiftdezernat als professioneller Drogenbote bekannt war, ein moralisch, gesellschaftlich und politisch einwandfreier Leumund bescheinigt. Dieser Mann erhielt daraufhin sogar einen Waffenschein. Das vorausgeschickt, was haben Sie mir nun – im Ernst meine ich – über ihren Nichtvorbestraften zu erzählen?«

»Daß er tatsächlich und nicht nur auf dem Papier nicht vorbestraft ist«, gab Corbo dem Capitano zur Auskunft, der ihm langsam unsympathisch wurde, »und daß er keiner Fliege etwas zuleide täte.«

»Aber vielleicht würde er veranlassen, daß einer Fliege ein Leid zugefügt wird.«

Der Kerl ist wirklich widerlich, befand Corbo im stillen.

»Gestatten Sie mir eine Frage«, sagte er, um es dem anderen heimzuzahlen. »Haben Sie zufällig eine Idee, warum Mirabile ermordet worden ist?«

»Ich, ja«, behauptete Bartolini seelenruhig. »Und es handelt sich nicht nur um eine Idee: Er hatte zwei Orangen gestohlen.«

»Zwei Stück?« fragte Corbo und spürte, wie seine Kinnlade vor Staunen nach unten klappte.

»Zwei Stück.«

»Du guter Gott, und das wegen zwei Orangen...«

»Das waren gute Orangen«, wiegelte Bartolini ab, »von der Exportsorte, Prachtorangen, wie ihr sie nennt. Sie haben im allgemeinen einen Umfang von siebenundzwanzig Zentimetern und wiegen zweihundertdreißig Gramm.«

Corbo begriff, daß der Capitano keine Witze machte, einen Moment lang hatte er geglaubt, er hätte einen von diesen verrückten Pedanten vor sich.

»Hören Sie doch auf«, platzte er ungeduldig heraus, »ich kenne diese Prachtorangen«, und war sich nicht bewußt, daß er in diesem Ton gerade zu einem Vorgesetzten sprach.

»Auf diese Orangen war Mirabiles Bruder ganz versessen. Sie erinnerten ihn an seine Heimat. Jedesmal wenn unser Mann ihn in Deutschland besuchte, brachte er ihm zwei Kisten davon mit. Doch auf seiner letzten Reise vor zwei Wochen hat er es sich anders überlegt und die Kisten im Zug zurückgelassen, nachdem er sich zwei Orangen gegriffen hatte – genauso viele fehlten nämlich. Die beiden Orangen unseres Freunds glichen im

Aussehen ganz und gar den anderen, doch sie waren nicht eßbar. Es waren Wachsorangen, die vollkommen echt wirkten, und in jeder von ihnen steckten einhundertfünfundzwanzig Gramm Heroin. In der anderen Kiste haben die Männer von der Bahn zwei von derselben Art gefunden.«

Corbo konnte sich einen Pfiff durch die Zähne nicht verkneifen.

»Mirabile«, sagte der Capitano, »hat sich nach dieser Rechnung ein Viertelkilo Stoff unter den Nagel gerissen.«

»Und zum Schluß hat er ein Viertelkilo Blei in die Brust gekriegt«, meinte Corbo.

»Es gab für ihn kein Entrinnen«, sagte Bartolini, »entweder wir oder sie. Und die hatten keine andere Möglichkeit, als ihn um die Ecke zu bringen: Reißt auch nur ein Glied der Kette, über die der kleinste Dealer irgendwo in weiter Ferne mit dem letzten Drogenkonsumenten verbunden ist – wie es in Mirabiles Fall war –, kann man von einem Kettenglied übers nächste bis zu den großen Fischen in Tanger oder Beirut gelangen. Deshalb habe ich vorhin diese Show abgezogen: Die Kerle da dürfen nicht den leisesten Verdacht haben, daß die Abteilung für Zoll- und Steuerkontrolle sich für sie interessiert. Unter dem Vorwand, etwas über den Verbleib des Fotoapparats in Erfahrung bringen zu wollen, werde ich Sie übermorgen wieder aufsuchen, und Sie werden mich über die neuesten Entwicklungen unterrichten.«

»Zu Diensten«, ließ Corbo verlauten, und dieses Mal mit einem gewissen Respekt.

»Da ist noch eine Sache, die ich Ihnen ans Herz legen möchte: Führen Sie Ihre Ermittlungen so durch, wie Sie es immer getan haben. Für den Fall, daß Sie die Mörder stellen, liefern Sie sich bitte kein Feuergefecht. Wir brauchen sie lebend.«

»Ich werde mein möglichstes tun«, versprach Corbo.

»Guten Appetit«, sagte Bartolini und erhob sich.

»Gleichfalls«, erwiderte Corbo und merkte, daß ihm der schon vor fünf Minuten gänzlich vergangen war.

Trotz der glühenden Sonne schlugen fünf Trommler aus Masàra, die knallbunte, im Nacken verknotete Kopftücher trugen, unbeirrt einen langgezogenen arabischen Trommelwirbel. Den ganzen Nachmittag und Abend würden sie so durch die Straßen und Gassen und über die Plätze ziehen, um das Fest am folgenden Tag anzukündigen. Das Dorf war um drei Uhr nachmittags in die dumpfe Lethargie verfallen, die der Südwestwind an manchen Tagen mit sich brachte, und bestimmt würden die Balkone am nächsten Tag mit einer Schicht aus rotem Wüstensand bedeckt sein. Vito hatte die Fensterblenden fest verriegelt, um sich gegen die große Hitze zu schützen, doch vergeblich versuchte er, Schlaf zu finden. Die Schuld dafür den Trommeln geben zu wollen, wäre zu banal gewesen. Er hatte sich bis auf die Unterhose ausgezogen, aber so klebten die Bettücher noch mehr an ihm und trieben ihn zum Wahnsinn; vielleicht war es doch keine gute Idee gewesen, mit Masino essen zu gehen, jetzt lag ihm etwas schwer im Magen. Die vom Felsen aus geangelten Meerbarben waren es wert gewesen, sie hatten richtig schön nach Algen geschmeckt, und außerdem hatte Catena ein besonderes Rezept, mit einer Soße aus Knoblauch und Petersilie, das, so Catena, auch einem heiligen Eremiten, der das Fastengelübde abgelegt hat, zum Verhängnis geworden wäre. Masino hatte wie üblich kräftig zugelangt – »Für diese Meerbarben könnte ich sterben!« –, und er selbst hatte nach und nach wieder Appetit verspürt. Beim Essen hatten sie nur wenige Worte gewechselt, keinem von beiden war danach zumute gewesen, frei von der Leber weg zu reden; daß etwas anders war als sonst, war nur daran zu erkennen gewesen, daß Masino ihn beharrlich zu überreden versucht hatte, doch bitte noch einen Fisch zu nehmen und ein weiteres Glas Wein zu trinken. Über die Vorkommnisse der Nacht jedoch wurde keine Silbe verloren. Mehr als der Wohlgeschmack der Meerbarben hatte ihm Masinos rücksichtsvolles Schweigen eine kleine Verschnaufpause verschafft und die Frage nach dem Warum, die wie der Scheinwerfer eines Leuchtturms in seinem Kopf aufblinkte und wieder erlosch, für eine Stunde ausgeblendet. Erst am Ende, als sie sich erhoben, hatte Masino ihm eine Hand auf den Arm gelegt und gesagt: »Wann immer du willst, du weißt, wo du mich finden kannst.«

Betreten hatte Vito den Blick gesenkt.

»Ich weiß.«

Satt bis oben hin hatten sie das Lokal verlassen. Nach wenigen Schritten hatte Vito dem Freund gestehen müssen, daß er sich todmüde fühlte. Masino hatte sich besorgt erboten, ihn bis zur Haustür zu begleiten, und ihm zu Bettruhe, Erholung und Natronpulver geraten. Doch dabei hatte er – unbeabsichtigt versteht sich – das gute Werk zunichte gemacht: Ein rascher Blick zum Putz hinauf, der unter den Einschüssen abgeblättert war, hatte ihm vor lauter Nervosität den Zahnstocher von einem Mundwinkel in den anderen rutschen lassen.

Der Maresciallo Corbo hatte die Angewohnheit, in den Telefonhörer zu brüllen wie in einen Lautsprecher, und eines schönen Tages hatte ihn ein Hauptmann deswegen gehörig den Kopf gewaschen.

»Badalamenti will ich nicht, und nicht einmal Schembri. Badalamenti hat eine verheiratete Schwester im Ort, und den Schembri, den kennen Hund und Katz. Nein, ich höre sehr gut. Wer soll hier schreien? Also, das ist der Gipfel! Aber wer regt sich denn auf? Ich sagte, ich will zwei Männer, zwei Sizilianer, ich bestehe darauf, keine Festländer, die brauchen eine Ewigkeit, bis sie begreifen, was du ihnen sagst! Und in Zivil. Es ist wegen der Kommunisten, der Pfarrer ist total verrückt geworden und sagt, die Kommunisten dürfen dieses Jahr nicht die Bahre von San Calogero tragen, er wird hier noch einen Riesenzirkus veranstalten. Nein, in Uniform ist es nicht besser, ich habe mit dem Oberleutnant schon über alles geredet. Wenn sie in Zivil sind, dann kann ein Wort hier, ein anderes da ausreichen, um die Wogen vielleicht zu glätten. Ja, einverstanden, Manzella und Foti sind in Ordnung. Schick sie mir mit dem ersten Postbus, ich brauche sie schon in ein paar Stunden. Ich weiß, daß das Fest erst morgen ist, aber es ist bereits einiges los hier.

Also, wie auch immer, ich brauche sie schnellstens. Auf Wiederhören.«

Schweißüberströmt legte er den Hörer auf – also da schau einer her, wegen eines Telefongesprächs muß ich mir das antun! – und richtete das Wort an Carbone, der vor ihm stand und ein Gesicht wie zehn Tage Regenwetter zog.

»Foti, den Jüngeren von den beiden, setz' ich Vito auf die Fersen. Er darf ihn nicht aus den Augen verlieren. Manzella, der weder lesen noch schreiben kann, lass' ich eine Runde im Comisini-Viertel drehen. Tognin stell' ich als Wachposten auf. Was hältst du davon?«

»Und ich?« fragte Carbone, statt zu antworten.

»Wie geht's deinem Buben?« gab Corbo zurück.

»Wie es dem Herrn im Himmel beliebt. Das Fieber geht nicht runter.«

»Hast du auch dieses Jahr San Calogero ein Weihversprechen gemacht?«

»Fünf Kilo Brot.«

»Du bleibst morgen am besten zu Hause. Dann könnt ihr San Calogero das Brot zuwerfen und das Kind ablenken.«

Carbone fixierte ihn eine ganze Weile, bevor er den Mund aufmachte. »Was gibt's?« fragte er.

»Nichts. Was soll schon sein?«

»Mir ist das alles nicht geheuer. Von dieser Geschichte mit den Kommunisten habe ich nichts mitgekriegt.«

»Aber ich.«

»Wenn Foti auf Vito angesetzt ist, Manzella bei denen

aus Comisini ist und Tognin Wache schiebt, wer hält dann die Kommunisten in Schach?«

»Carbò«, brauste Corbo auf, »wer ist hier drinnen der Maresciallo?«

»Ist ja schon gut«, lenkte Carbone ein und schickte sich an zu gehen. Seine Gedanken kreisten wie Mühlschaufeln, und als er auf der Türschwelle stand, fiel bei ihm der Groschen. Er drehte sich um.

»Und wie geht's Ihren Angehörigen?«

»Was für Angehörige?«

»Ihren Kindern, wie geht's denen?«

Sie tauschten einen Blick miteinander.

»Meine Kinder sind längst erwachsen«, erwiderte Corbo.

»Pirandello schrieb nun einmal so, wie er schrieb, weil seine Ehefrau verrückt war«, erklärte der Rechtsanwalt Sileci im Brustton der Überzeugung, »und als Dichter taugte er nichts. Wollen wir vielleicht *Geas Osterfest* mit dem *Luzifer* oder dem *Hiob* vergleichen? Pirandello kann Mario Rapisardi nicht das Wasser reichen!«

»Aber wie, Pirandello schrieb doch vor der Hochzeit und danach, als es seiner Gemahlin noch gutging, hervorragend«, konterte der Maestro Contino.

»Ja, aber was für Sachen hat er geschrieben, verehrter Freund? Dinge, die völlig trivial waren; er hielt sich einfach an die Vorkommnisse bei uns, brachte sie zu Papier, und heraus kamen dann haargenau unsere Geschichten, vielleicht ein wenig von seiner Phantasie beeinflußt, denn davon hatte er ja Unmengen.«

»Gestatten Sie«, beharrte Contino, »das würde ja auch heißen, daß Leopardi melancholisch war, nur weil der liebe Gott im Himmel ihn mit einem Buckel auf die Welt hat kommen lassen.«

»Ja, warum nicht? Warum nicht? Nehmen Sie mal den Carducci, mit dem der Rapisardi ebenfalls nichts am Hut hat, und sagen Sie mir, wann der jemals melancholisch gewesen ist. Der trank seinen Wein, aß seine Pasta und trieb's mit den Weibern!«

»Ja, was ist dann mit Tano Simone?« hakte Contino nach und stellte den örtlichen Schuhmacher in den Glorienschein des literarischen Olymps. »Der hat einen Buckel wie ein Kamel und weiß nicht einmal, was das Wort ›Melancholie‹ überhaupt bedeutet.«

»Jedenfalls ist es besser, wenn die Frau verrückt ist, als wenn sie dem Mann Hörner aufsetzt«, fiel Don Cecè Afflitto, der den Advokaten einfach nicht riechen konnte, bösartig ins Gespräch.

»Was soll das heißen?« fragte dieser argwöhnisch.

»Es heißt, daß Rapisardi mit Hörnern am Schädel starb, nicht mit denen der Verdammten, wie unser Dorfpfarrer es gern hätte, sondern als echter Hahnrei, und Giovanni Verga sei gedankt, dem Pirandello jedoch nicht.«

Der Stern des stolzen catanesischen Dichters stürzte in der Wertschätzung der Klubmitglieder, denen diese Einzelheit bislang unbekannt gewesen war, wie ein Bleivogel mit gebrochenen Flügeln zu Boden.

»Sie wollen mich bloß wieder in Rage versetzen«, sagte der Anwalt Sileci die Stimme erhebend. »Sie lassen keine Gelegenheit aus, mein Blut zum Kochen zu bringen.«

»Verzeihen Sie, was juckt Sie denn die Frau von Rapisardi? War das etwa Ihre Schwester?«

»Schwester oder nicht…«, begann der Rechtsanwalt, wurde aber von Vasalicò unterbrochen, der in einer Ecke des Salons die Zeitung *La domenica del corriere* las.

»Ihr könnt sagen, was ihr wollt, aber für mich heißt der größte sizilianische Dichter Micio Tempio. Erinnert ihr euch an *Der Götter liebster Zeitvertreib*?«, und er sagte den ersten Vers auf.

Die Anwesenden überhäuften ihn einer nach dem anderen mit Zitaten: Wenngleich ihre Ansichten über Literatur auseinandergingen, schmolz die Pornographie sie zu einer festen Einheit zusammen. Nachdem also dem Namen des Zirkels Gerechtigkeit widerfahren war – er nannte sich »Zirkel der Kultur und des Fortschritts« –, konnten sie ruhigen Gewissens zum nächsten Punkt übergehen und über Weiber reden.

Vito hatte nicht ein Wort von all dem Geschwätz verstanden und bemerkte, daß die Standuhr kurz vor sechs anzeigte. Wie ein Blitzschlag fiel ihm die Verabredung mit dem Doktor Scimeni wieder ein, beinahe hätte er sie vergessen. Er war nur deshalb in den Zirkel gegangen, weil er nicht mehr wußte, wo er sich die Füße vertreten sollte, und so konnte er genausogut seine Zeit vergeuden und zum Arzt gehen. Apropos Zeit vergeuden: Er überlegte, daß ihm die Sache zeitweise wie ein Urlaub vorkam, eine Pause, die jemand eingeleitet hatte und die dieser Jemand auf irgendeine Weise auch wieder beenden mußte. Er erhob sich, grüßte mit der Hand in die Runde und ging. Im Vorzimmer mußte er zwangsläufig haltmachen – die Eingangstür klemmte und wollte nicht aufgehen –, und er hörte, wie Vasalicò laut rief: »Ach, der arme Vito!«, was eine Aufforderung war, über ihn herzufallen und ihn schlechtzumachen. Er versetzte der Tür einen Stoß, um nicht noch mehr hören zu müssen, und schon stand er draußen auf der Straße. Das Haus von Doktor Scimeni befand sich fast gegenüber dem Zirkel: Carmela machte ihm auf, ließ ihn im Wohnzimmer Platz nehmen, öffnete Glastüren und Holzläden – laute Klänge und Stimmen durchbrachen die Stille, die Trommeln waren zum Glück fern – und fragte ihn, ob er einen Kaffee wünsche. Als Carmela hinausging, fiel Vito auf, daß sie eine gute Figur hatte, und wegen des nachgezogenen Beins sah es so aus, als machte sie bei jedem zweiten Schritt einen Hüftschwenker. Er lenkte seine Gedanken auf etwas anderes, fragte sich, was Scimeni wohl von ihm wollte, und sah sich unterdessen um: Schwere, mit Stuckornamenten verzierte Möbel und ein schwarz-goldenes, niedriges Regal mit einer in die Marmorplatte gemeißelten Jagdszene standen im Zimmer; ein riesiges Ölgemälde, auf dem einige Fischer vor einem blutroten Sonnenuntergang ein Boot ans Ufer zogen, bedeckte eine ganze Wand. An der anderen prangte in der Mitte ein eindrucksvoller Kalender, ein Geschenk des Orthopädischen Instituts Santa Rita. Scimeni kam im Schlafanzug herein, bat um Verzeihung, daß er ihn so lange hatte warten lassen und sagte, er habe sich an diesem Tag nicht wohl gefühlt und auch keine Krankenvisiten machen wollen. Er schob die Schuld auf das Alter, das ihm langsam zu schaffen machte. Scimeni näherte sich seinem sechzigsten Geburtstag, er war lange in Amerika gewesen und hatte nach seiner Rückkehr um 1940 herum geheiratet. Die Tochter war erst spät geboren, und ein Jahr nach ihrer Geburt hatte er die Ehefrau verloren. Im Alter von vier Jahren war Carmela dann erkrankt. Scimeni hatte ein Vermögen ausgegeben, sie sogar in Kliniken aufs Festland geschickt, um Heilung für ihr Bein zu suchen. Doch auch vor diesen Schicksalsschlägen hatte der Doktor kein heiteres Gemüt besessen, er war ein wortkarger Mann und hatte nur wenige Freunde. Nicht einmal über seine zehn Jahre in Amerika wollte er sprechen. An seiner Stelle hatten andere das Maul aufgerissen – an bösen Zungen mangelt es ja nie –, und das vor allem nach Turi Santalucias Rückkehr. Doch am Ende verstummten die Gerüchte. Als die Amerikaner einmarschiert waren, hatte man Scimeni zum Bürgermeister gemacht, danach hatte Vasalicòs Bruder angefangen, ihn zu bekriegen, und das mit Erfolg: Scimeni hatte sich auf immer aus der Politik zurückgezogen.

»Hast du dich gefragt, warum ich dich herbestellt habe?« kam der Doktor gleich zur Sache.

Vito machte eine wegwerfende Handbewegung – fragen oder nicht fragen, er war nun mal da.

»Ich habe dich kommen lassen«, fuhr Scimeni fort, »weil du es richtig eingefädelt hast.«

Auf Vito, der bequem im tiefen Sessel saß, wirkten diese Worte wie ein Peitschenhieb. Er rückte von der Lehne ab und fragte sich, ob Scimeni in irgendeiner Weise auf die Sache in der vergangenen Nacht anspielte.

»Inwiefern?« fragte er.

»Ich komme gleich auf den Punkt: Du besaßest ein Stück Land, das nichts abwarf; einen Weinberg, der deinen täglichen Weinbedarf deckte, mehr nicht; eine Handvoll Mandelbäume, mit deren Ertrag du gerade die Landarbeiter bezahlen konntest, die die Mandeln sammelten; dann das bißchen Getreide, das, wenn's hochkam, ausreichte, um denen vom Fiskus das Maul zu stopfen. Doch dann ist dir die Idee mit dem Hühnerstall gekommen, und das war wie ein Sechser im Lotto.«

»Was heißt hier wie ein Sechser im Lotto!« winkte Vito ab und versank wieder im Sessel. »Wissen Sie, wieviel Unkosten ein Hühnerstall verursacht?«

»Genau das wollte ich von dir hören.«

»Und warum? Wollen Sie etwa auch einen aufmachen?«

»Nein, nicht im Traum käme ich auf so eine Idee ... ich meine auf die Idee, selbst einen aufzumachen. Deiner reicht voll und ganz. Du verkaufst ihn mir und kümmerst dich weiterhin um ihn.«

»Ich will ihn nicht verkaufen, wozu sollte ich?«

»Des Geldes wegen. Rechne die Sache durch und nenn mir deinen Preis.«

»Aber was für ein Interesse haben Sie daran?«

Carmela kam herein, servierte Vito den Kaffee und verließ das Zimmer so still, wie sie gekommen war.

»Was für ein Interesse ich daran habe, das hast du gerade eben gesehen«, sagte Scimeni, »es ist wegen dieses armen, unglückseligen Geschöpfs. Die Apotheke habe ich schon verpachtet, aber sie wirft nichts ab. Carmelas Krankheit hat mich eine Stange Geld gekostet, und für die Krankenbesuche habe ich keine Kraft mehr. Doch ich habe noch ein paar Lire auf der Seite, wenig, doch ausreichend, um diesen Hühnerstall zu vergrößern. Bevor ich das Zeitliche segne, will ich sicher sein, daß Carmela eine sorgenfreie Zukunft hat.«

»Sorgen bereitet er aber, der Hühnerstall«, sagte Vito. »Heute ist es eine Krankheit, morgen das Futter, das nicht in Ordnung ist, übermorgen sinkt der Eierpreis auf fünfzehn Lire...«

»Trink deinen Kaffee, sonst wird er kalt«, drängte Scimeni ihn.

Vito nahm die Tasse und trank. Scimeni betrachtete ihn, nach vorne gebeugt, die Arme auf die Beine gestützt. Es herrschte Schweigen, bis Vito schließlich sagte: »So aus dem Stegreif weiß ich nicht, was ich Ihnen antworten soll.«

»Überleg es dir.«

»Ich werde es mir überlegen.«

»Bald?«

»Bald.«

»Bis morgen abend«, sagte Scimeni.

Vito sah ihn völlig verdattert an.

»Was heißt hier, bis morgen abend?«

»Ich muß eine Entscheidung treffen«, erklärte der Arzt und erhob sich, »und wenn ich mit dir nicht einig werde, versuche ich Montag früh ein anderes Geschäft abzuschließen.«

Auf der Schwelle hielt Scimeni ihn am Arm zurück.

»Hab keine Sorgen, was das Geld angeht, werden wir uns bestimmt einig werden, ganz in deinem Sinne.«

»Das ist es nicht. Tatsache ist, daß ich an diesem Hühnerstall hänge.«

»Wenn du mir bis morgen abend eine Antwort gibst«, sagte der Doktor, »bin ich bereit, dir das Doppelte deines Preises zu zahlen: die eine Hälfte für den Hühnerstall, die andere für den sentimentalen Wert. Davon abgesehen bezahle ich dir auch die Mühe für die Aufsicht.«

Vito war wie vor den Kopf gestoßen.

»Ist es Ihnen ernst?«

»Hast du mich jemals Witze reißen hören? Und da ist noch etwas anderes, das mir gerade in den Sinn kommt. Wenn du dich nicht weiter um den Hühnerstall kümmern willst, dann sagst du es mir und machst Schluß. Du kannst dich einfach zur Ruhe setzen«, fuhr er fort, »denn mit dem,was ich dir zu zahlen bereit bin, kriegst du möglicherweise Lust, dein Dorf zu verlassen. Du läßt dir einen anderen Wind um die Nase wehen, und gleich wirst du dich zwanzig Jahre jünger fühlen.«

»Ich werde es mir überlegen«, sagte Vito, der sich seit zehn Minuten wie auf einem anderen Stern vorkam. »Ich wünsche einen guten Abend.«

»Bis morgen«, meinte der Doktor Scimeni und war sich seiner Sache sicher.

Verwirrt stieg Vito langsam die Treppe hinunter, überdachte den Vorschlag des Doktors und machte noch im Hauseingang halt, um sich eine Zigarette anzuzünden. Irgend etwas an den Worten des Doktors war nicht koscher, davon war er fest überzeugt. Doch er wußte nicht, was es war. Bei all den Sorgen, die ich habe, sagte er sich, hat mir dieser Totengräber von Scimeni gerade noch gefehlt. In diesem Zustand überraschte Corbo ihn, der ihn im Vorbeigehen auf der Straße aus dem Augenwinkel erblickt hatte. Der Maresciallo breitete die Arme aus, stützte sich mit beiden Händen gegen die Türpfosten und kreuzte salopp die Beine. Vito kam sich vor wie im Gefängnis.

»Was haben wir denn nur?« fragte Corbo. »Geht's uns nicht gut?«

Das ist eine schöne Bescherung! dachte Vito und winkte ab: »Ich strotze vor Gesundheit.«

»Immer weiter so«, wünschte Corbo ihm lächelnd. »Warum sind Sie dann zum Arzt gegangen?«

»Er wollte mit mir reden. Und jetzt, wenn Sie gestatten, würde ich gerne dieses Haus verlassen. Oder muß ich Sie erst um Erlaubnis bitten?«

»Du guter Gott im Himmel«, erwiderte Corbo und rührte sich keinen Zentimeter, »Sie sind völlig frei und können gehen, wohin und mit wem Sie wollen. Ich möchte Ihnen nur gern die Geschichte von San Gerlando ins Gedächtnis rufen. Kennen Sie die zufällig?«

»Nein, und ich will sie auch nicht hören.«

»Einen Augenblick nur. Also, der Heilige beschloß eines Tages, sich einem Drachen zu stellen, der die Bevölkerung in Todesangst versetzte und alle, die ihm über den Weg liefen, tötete und auffraß. Er ging zum Drachen und schlug ihm eine Wette vor: ›Ich binde dich mit einem meiner Haare fest‹, sagte er zu ihm, ›du aber fesselst mich mit so vielen Ketten, wie es dir beliebt. Wem es als erstem gelingt, sich zu befreien, der hat gewonnen.‹ Der Drache, der im Grunde ein Dummkopf war und sich nicht mit einem Heiligen hätte einlassen sollen, nahm die Wette an. Letztendlich befreite sich San Gerlando im Handumdrehen von den Ketten, während der Drache auf immer und ewig mit einem dünnen, unzerreißbaren Faden festgebunden war, und je mehr er sich bewegte, desto tiefer schnitt der Faden in sein Fleisch. Schöne Geschichte, nicht wahr? Hat sie Ihnen gefallen?«

»Ja«, versetzte Vito, »aber was wollen Sie bloß mit diesem Märchen aus dem Marionettentheater?«

»Mir würde ein Haar von Ihnen genügen, ein einziges«, antwortete Corbo nun ganz ernst. Er trat beiseite und forderte ihn mit einer ausladenden Handbewegung auf vorbeizugehen.

Turi Santalucia wohnte in der Nähe der alten Eisenbrücke, an der Landstraße Richtung Puntagrande in einem Reihenhäuschen neben zehn anderen, die zwischen das Weiß der dahinterliegenden Mergelhügel und das Gelb des davorliegenden Strandes gequetscht waren. Das Haus von Santalucia war wie fast alle anderen von einem kränkelnden Garten umgeben – der Sand begrub gefräßig alles unter sich –, und als Vito auftauchte, stand Turi mit den Schultern an die Hauswand gelehnt neben der Eingangstür und rauchte eine Schilfrohrpfeife mit Mohrenkopf – ein Modell, das nicht mehr im Handel war und nur noch im Trödelladen der Schwestern Melluso inmitten von Blechspielsachen, unbrauchbar gewordenen Scherzartikeln und ein halbes Jahrhundert alten Postkarten zu finden war. Vito öffnete das Gartentörchen, das aus zwei überkreuzten Brettern und Stacheldrahtrollen bestand.

»Darf ich hereinkommen?«

»Tritt ein.«

Turi hieß mit Nachnamen Borgini; den Schimpfnamen, unter dem er bekannt war, hatte man ihm noch im Kindesalter verpaßt, als eine Augeninfektion drohte, ihn erblinden zu lassen. Seine Mutter hatte ihn Santa Lucia empfohlen, und auch nachdem die schlimmste Gefahr vorbei war, blieb Turi der Heiligen treu ergeben: An jedem dreizehnten Dezember aß er *cuccìa*, ein Gericht, das die Heilige den Gläubigen als Speise für diesen Tag vorschrieb; es bestand aus gekochten Kichererbsen und Getreidekörnern, die in halbgegorenem Wein schwammen. Selbst als er im Alter von zwanzig Jahren nach Amerika ausgewandert war, hatte er ein Bildchen der Heiligen in der Brieftasche und eine Flasche halbgegorenen Wein im Koffer. Die Kichererbsen und das Getreide würde er auch in New York finden, da war er sich sicher. Und schließlich hatte ihn seine Heiligenverehrung in Amerika vor dem Erblinden gerettet. Fünfzehn Jahre später, als er ins Dorf zurückgekehrt war, erzählte man sich in der Gegend, wie die Dinge gelaufen waren: Die Leute in den Staaten hatten zu jener Zeit den netten Einfall gehabt, daß ein Christenmensch nicht das Recht haben sollte, sich einen anzusaufen, wenn er Lust dazu verspürte. Und wer einem armen Teufel verbotenerweise die Gelegenheit dazu bot, mußte mit dreißig Jahren hinter Gittern rechnen. Einige Sizilianer aus Masàra, die Turi kennengelernt hatte, hatten ihn gedrängt, sich ein paar Dollar dazuzuverdienen und Gästen in einem ihrer Lokale, das von außen wie ein Alteisenschuppen aussah,

Drinks zu servieren. Die Sache hatte sich gut angelassen, und nach einiger Zeit war er, immer noch auf Bitten von denen aus Masàra, in ein größeres und schöneres Lokal übergewechselt, wo man im ersten Stockwerk dem Glücksspiel frönte und Weiber mit entblößten Brüsten herumliefen, die ganz wie Madonnen aussahen, in Wirklichkeit aber Nutten waren. Doch kein Geld der Welt konnte Turi für die Angst entschädigen, die er manchmal durchstehen mußte. Nicht wegen der Polizisten, mit denen wurde man sich fast immer einig. Der wahre Schrecken hatte begonnen, als die aus Comisini sich in den Kopf gesetzt hatten, daß die aus Masàra das Feld räumen und sich anderswo niederlassen sollten. Eines Morgens, als Turi auf dem Nachhauseweg war, wurde er von zwei Kerlen aus Comisini in die Zange genommen, und der eine hatte ihm drei Zähne ausgeschlagen. Darauf wurden die Zeiten noch finsterer, und es gab auch einen Toten: Es endete damit, daß die aus Comisini sich das Lokal und den ganzen Rest unter den Nagel rissen und ein Vermögen damit machten; bei ihnen war nämlich einer mit von der Partie, ein guter Chemiker, der einen ausgezeichneten Whisky brauen konnte. Turi, der nach den drei Zähnen nicht noch weitere verlieren wollte – wir sind doch alle aus derselben Gegend, wir müssen uns unter die Arme greifen, um über die Runden zu kommen –, war, wie die anonymen Gerüchteköche zu erzählen wußten, zu denen aus Comisini gegangen, hatte ihnen unter die Arme gegriffen und ihnen gezeigt, wie sie es anstellen mußten. Von dem Zeitpunkt an durfte Turi zwei Lokale leiten und konnte sich alle Sachen stets in dreifacher Ausführung zulegen – eine für jeden ausgeschlagenen Zahn, für die er jetzt Goldzähne als Ersatz trug: drei Automobile, drei Radios, drei Häuser, drei schöne Frauen. Doch eines Tages hatten sich die aus Masàra wieder gemeldet, sie hatten sich mit schlimmem Gesocks zusammengetan, mit Kerlen, die wie Engländer sprachen, in Wirklichkeit aber gar keine waren – sie hatten rote Haare und kamen aus einem Land in der Nähe von England. Die aus Masàra hatten keine Zeit verloren. Eines Nachts war Turi aufgewacht, und da stand einer rechts und einer links von seinem Bett. Er hatte sich den Kopf zerbrochen, wie sie wohl in sein Haus gekommen waren. Er kannte sie alle beide, denn sie hatten die Fahrt aus Sizilien zusammen gemacht, und hinterher hatte man sich noch gelegentlich getroffen; es waren Giovanni Salomone, den man später mit einzementierten Füßen aufgefunden hatte, und Cicco Marino, der irgendwann von einem unbekannten Wagen überfahren wurde.

»Was für eine schlimme Schmach hast du den Freunden angetan«, hatte Giovanni mit betrübter Stimme gesagt.

»Den Freunden, denen du am Herzen lagst«, hatte Cicco ergänzt.

Turi konnte sich nicht rühren, sie hielten ihn im Würgegriff.

»Du betest doch zu Santa Lucia?« hatte Cicco sich erkundigt.

»Ja.«

»Hast du ein Heiligenbildchen bei dir?«

»In der Brieftasche.«

Mit einer Bewegung hatte Giovanni das Portemonnaie, das auf dem Nachttisch lag, geöffnet und ihm das Bild der Heiligen vor die Nase gehalten.

»Bete zu ihr.«

»Warum?«

»Weil man uns gesagt hat, daß wir dir beide Augen ausreißen sollen. Doch wenn du zu der Heiligen betest, richtig gut betest, läßt sie vielleicht ein Wunder geschehen, und dir bleibt noch ein Auge erhalten.«

Sie hatten ihm auch geraten hinzuknien, weil so das Gebet möglicherweise besser ankam. Turi hatte begonnen, aus tiefstem Herzen zu beten, und Santa Lucia hatte ihm das Wunder gewährt: Cicco hatte ihm mit dem Daumen nur ein Auge ausgequetscht, das rechte. Doch Giovanni hatte ihn gewarnt, es sei höchst unwahrscheinlich, daß sich die Wunder wiederholten: Wenn er sich nicht bald aus dem Staub machte, war es immer noch möglich, daß er auch das andere Auge verlor. Turi hatte der Aufforderung Folge geleistet, alles zurückgelassen und zwei Tage später, arm und noch verrückter als vorher, das Schiff genommen, um die Heimreise in sein Dorf anzutreten. Die gleichen Lästermäuler, die diese Geschichte erzählten, fügten noch am Rande hinzu, daß jener tüchtige Chemiker, der den guten Whisky machen konnte, Doktor Scimeni war. Doch das waren alles Gerüchte, die einzig sichere Tatsache war die, daß Turi mit einem Auge weniger aus Amerika zurückgekehrt war – infolge eines Autounfalls, wie er behauptete. Eine andere Tatsache war, daß Turi und der Arzt nicht miteinander sprachen. Wenn Turi krank war, nahm er den Bus und fuhr ins

Nachbardorf. Selbst die Arzneien kaufte er andernorts. In die Apotheke, die Scimeni verpachtet hatte, setzte er keinen Fuß, nicht einmal auf einer Kanonenkugel hätten sie ihn dorthin gebracht.

»Was willst du?« fragte Turi unwirsch.

»Ich will mit dir reden.«

»Dann red schon. Oder willst du, daß wir hineingehen?«

»Vielleicht ist das besser.«

Der Fußboden des Raums bestand aus gestampfter Erde. Es gab darin einen kleinen Tisch, ein Bett, zwei Stühle, einen Kleiderschrank und weiter nichts. In einer Ecke war eine Kochstelle aus Ziegelstein, die mit Kohle gefeuert wurde; dort standen ein Teller und zwei Gläser, alle drei schmutzverklebt. An einer Wand hingen im Quadrat angeordnet sechs verschiedene Heiligenfiguren von Santa Lucia, und unter jeder brannte ein Lichtlein. Turi hieß Vito mit einer Handbewegung Platz nehmen und setzte sich selbst so hin, daß er ihn mit dem einen Auge sehen konnte.

»Ich höre«, sagte er.

Vito war verunsichert, der Elan, der ihn bis zu Turis Haus getrieben hatte, war mit einem Schlag verpufft, nur ein merkwürdiger Nachhall der Worte aus dem Mund des Arztes war geblieben. Er beschloß, am besten gleich zum Angriff überzugehen und keine Zeit zu verlieren.

»Du kennst Scimeni gut?«

Turi nahm die Pfeife aus dem Mund und wandte leicht den Kopf ab, um sein Gesicht zu verbergen. Vito sah jetzt nur noch ein geschlossenes Augenlid, das an der Haut darunter klebte.

»Ausgerechnet mich fragst du das? Du weißt doch, daß mit Scimeni nicht gut Kirschen essen ist.«

»Aus diesem Grund bin ich hier. Über Scimeni weiß ich nur das, was man sich im Dorf so erzählt. Wenig also. Er ist einer, der sich um seinen eigenen Kram kümmert und niemanden ins Vertrauen zieht. Du hast ihn in Amerika kennengelernt?«

»Ja.«

»Was hat er da gemacht?«

»Er hat sich seinen Lebensunterhalt verdient wie alle anderen.«

»Auf welche Weise?«

Turi antwortete nicht gleich.

»Wir gehörten alle dazu«, sagte er schließlich, »wir waren echte Teufelskerle. Wenn ich an jene Zeiten zurückdenke, glaub mir, kommt es mir vor, als hätte ich sie nur im Traum erlebt. Manchmal, wenn jemand mich ganz unverblümt fragen würde: ›Also, warst du nun in Amerika oder nicht?‹, könnte ich mir vorstellen, daß ich mit gutem Gewissen antworten würde: ›Wer, ich?‹« Dann fügte er hinzu: »Lassen wir doch Scimeni aus dem Spiel.«

Vito begriff, daß es besser war, nicht weiterzubohren. Turi war auf dem Ohr taub.

»Ist in Ordnung«, sagte er beim Aufstehen, »verzeih mir.«

»Wieso interessierst du dich für Scimeni?« fragte Turi unvermittelt.

Die einzige Möglichkeit, diese Frage zu beantworten,

wäre, alles so zu erzählen, wie es sich zugetragen hatte, dachte Vito, ohne seine eigene Besorgnis durchblikken zu lassen, die ja schließlich nur dem Unbehagen zuzuschreiben war, das ihn nach all den Mißgeschicken plagte.

»Heute hat er mich zu sich gerufen, weil er meinen Hühnerstall kaufen will, wie er sagt. Nun wollte ich wissen, ob er ein Mann ist, dem man trauen kann.«

Erneut hüllte sich Turi in Schweigen und ließ Vito, der das Beste hoffen wollte, im Stehen auf eine Antwort warten.

»Dein Vater war eine brave Person«, meinte Turi schließlich, »ein echter Gentleman. Als ich ohne eine Lira aus Amerika zurückkehrte, hat er mir geholfen. Wußtest du das?«

»Nein.«

»Gib dem Scimeni den Hühnerstall, wenn er ihn haben will, verkauf ihn. Hat er dir einen guten Preis geboten?«

»Doppelt soviel, wie der Stall wert ist, und ich verstehe nicht, was ihm das einbringt. Für die Antwort hat er mir Zeit gelassen bis morgen abend.«

»Geh jetzt sofort hin, sag ihm, daß die Meeresluft dich auf klare Gedanken gebracht hat und du keine Zeit zum Überlegen brauchst. Verärger ihn nicht, den Scimeni. Gib ihm den Hühnerstall.«

»›Der Maresciallo Corbo, der umgehend mit seinen Ermittlungen zu dem grausamen Verbrechen begonnen hat, hat uns im Verlauf einer persönlichen Unterredung zu verstehen gegeben, daß er auf eine Spur gestoßen sei, der er jetzt nachgeht. Das Verbrechen ist anscheinend auf einen Interessenkonflikt zwischen Schafhirten zurückzuführen.‹« Der junge Mann las laut die Nachricht des Lokalkorrespondenten zu Ende, der keine Gelegenheit versäumte, sich zu profilieren; dann faltete er die Abendzeitung, die gerade mit dem Zug aus Palermo eingetroffen war, wieder zusammen und rieb sich lächelnd die Hände.

»Bist du zufrieden?« fragte Don Pietro ihn, der im Schlafanzug auf einem Korbstuhl am Balkonfenster saß.

»Ich, ja. Sollte ich etwa nicht zufrieden sein?«

»Worüber?«

»Über das, was in der Zeitung steht.«

»Die Zeitungen, mein Sohn, taugen nur, um sie auf den Abort zu nehmen: Du liest sie, und anschließend wischst du dir, mit Verlaub gesagt, das Hinterteil damit ab. Ich erinnere mich noch, wie der gleiche Hornochse, der da in der Zeitung schreibt, verkündete, Pippo Ingrassia werde seit drei Tagen von den Carabinieri ›einem Dauerverhör unterzogen‹. In Wirklichkeit betrachtete der arme Pippo schon seit drei Tagen die Radieschen von unten. Und auch als Ignazio Martinez untertauchte, schrieben die Zeitungen einen Tag vor seiner Verhaftung, die Carabinieri gäben eine erbärmliche Figur ab und wüßten nicht, welchen Schutzheiligen sie um Hilfe angehen sollten. Und die Idee, wo sie ihn noch in derselben Nacht aufstöbern könnten, war das etwa eine Eingebung des Heiligen Geistes, oder hatte ihn jemand verpfiffen? Nein, nein, die wollten nur, daß Ignazio Martinez das schluckte, was sie schrieben. Ignazio schluckte es, und seit zehn Jahren haben wir nicht mehr das Vergnügen seiner Gesellschaft. Apropos, wie geht es ihm denn? Weiß man etwas über ihn?«

»Seine Frau hat mir gesagt, daß sie ihm gute Führung bestätigen. Er baut jetzt Einigkeitstempel aus Brotkrumen, darin ist er mittlerweile sehr geschickt. Sie hoffen auf Begnadigung durch den Staatspräsidenten.«

»Das hoffe ich auch für ihn, denn Ignazio ist ein Goldjunge. Männer wie er sind sehr rar. Die Eisdesserts, hast du die bestellt?«

»Die müßten jeden Moment eintreffen.«

»Aber das Eis von Firetto ist nicht mehr das, was es einmal war. Früher, noch vor dem Krieg, wasserte im Sommer jeden Samstag nach dem Mittagessen ein Wasserflugzeug auf offener See, Firetto hielt sich bereit und brachte mit dem Motorboot des Hafenkommandanten ein Faß mit Speiseeis an Bord, das er mit Eisbrocken und Salz bedeckte. Das Wasserflugzeug startete und wasserte erneut vor Ostia, von dort wurde das Faß mit dem Auto nach Rom in die Villa Torlonia transportiert, und der Duce konnte so mit seinen Freunden unser gutes Eis kosten. Ich erinnere mich noch, immer wenn wir den Cavaliere Attard auf die Palme bringen wollten, sagten wir zu ihm, der Duce habe die Autobahn zwischen Rom und Ostia nur bauen lassen, weil das Eis immer zerflossen ankam. Das ja, das war ein Mann!«

»Tja!« meinte der junge Mann und pflichtete ihm mit einem bedauernden Seufzen bei. »Aber um auf das zurückzukommen, was in der Zeitung steht…«

»Corbo ist ein schlauer Fuchs, vergiß das nicht. Corbo

ist ein echter Sbirre, der sagt eine Sache und denkt in Wirklichkeit eine ganz andere. Wenn er behauptet, Gaetanos Tod sei eine Angelegenheit unter Schäfern, dann kannst du Gift darauf nehmen, daß er sich um die genausoviel schert wie um die Krippenschäfer aus Ton.«

»Was sollen wir tun?«

»Was meinst du?«

»Was weiß ich, gehen wir zu Corbo, schicken wir jemanden zu ihm, der etwas vor ihm ausplaudert, suchen wir einen, der tatsächlich Ärger mit Gaetano gehabt hat…«

»Corbo hinterläßt keine Spuren bei seiner Arbeit. Wenn du zu ihm gehst oder jemanden schickst, um etwas auszuplaudern, dann werdet ihr, du oder der andere, nicht mal Zeit haben, A zu sagen, und: ruck, zuck! hockt ihr schon im Ucciardone hinter Gittern und leistet Ignazio Martinez Gesellschaft. Und wenn wir ihm einen auf den Hals hetzen, der mit Gaetano Krach gehabt hat, glaubst du, daß er zu dir einfach nur vielen Dank und nichts weiter sagt? Er wird wissen wollen, wer daraus seinen Nutzen zieht. Und wenn er dahinterkommt, was erzählst du ihm dann? Daß dir sein Gesicht gefällt und du ihm helfen willst, Leutnant zu werden?«

»Und aus dem Grund sollen wir jetzt auf der faulen Haut liegen, während Corbo auf unseren Untergang hinarbeitet?«

»Eh! Mach mal halblang! Bevor wir soweit sind und sagen müssen: Nimm die Beine in die Hand, der Himmel öffnet seine Schleusen, muß tatsächlich erst einmal Regen fallen, und zwar mindestens eine Sintflut. Das ist nicht die Schwierigkeit, mein Sohn. Die Schwierigkeit heißt Vito.«

»Aber wenn Vito doch schon mit Corbo gesprochen hat?«

»Ich habe es euch bereits gesagt und wiederhole es noch einmal: Vito hat nicht mit Corbo gesprochen. Zumindest nicht über das, was wir wissen. Wenn er ihm auch nur eine einzige Silbe verraten hätte, dann wären wir jetzt nicht hier und würden auf das Eintreffen dieser verdammten Eisportionen warten.«

»Aber warum entschließt sich Vito nicht endlich zu tun, was er zu tun hat?«

»Weil die Sache erst reifen muß: Gut Ding braucht Weile. Das hier ist eine große Sache, das muß ich dir ja nicht sagen, und da ist Vorsicht geboten. Der große Mann, unser Duce, hielt einmal eine Rede, in der er den anderen beibrachte, wie man einen störrischen Esel zum Laufen bringt: mit dem Stock und der Karotte. Mit Vito muß man es genauso machen, nur braucht man ihn weder zu prügeln noch etwas zu essen zu geben. Die Stockhiebe versprichst du ihm, und die Karotte zeigst du ihm. Und dann wird der störrische Esel, das garantiere ich dir, sich nicht nur in Bewegung setzen, sondern sogar im Trab laufen.«

»Gehen wir hinein«, sagte der junge Mann leicht nervös, »vor lauter Trommelkrach verstehe ich Sie überhaupt nicht mehr.«

»Nein«, sagte Don Pietro, »wirf ihnen tausend Lire hin und sag ihnen, sie sollen ein Weilchen unterm Balkon spielen. Ich liebe Trommelwirbel.«

Es würde mich nicht wundern, wenn Pasquale recht hat und Peppi *monacu* sich als gehörnter Ehemann aufführt, sagte Vito zu sich selbst.

Es war dunkel geworden. Lange hatte es gedauert, bis das Licht völlig verschwunden war. Den Sonnenuntergang konnte er vom Hang des Mergelhügels aus beobachten, auf den er nach dem Besuch bei Santalucia geklettert war. Dachte er noch einmal in Ruhe nach, waren die Dinge auf eine ganz bestimmte Weise abgelaufen. Am Abend zuvor – daran erinnerte er sich ganz deutlich – hatte Scimeni ihn, als er das Kino verließ, begrüßt und war dann seiner Wege gegangen. Es war ein bloßer Zufall gewesen, daß er dem Doktor kurz darauf erneut begegnet war, nur daß Scimeni ihn dann zu sich gerufen und gesagt hatte, er wolle ihn sprechen. Wenn es sich um eine ausgeklügelte Sache handelte und Zuckerbrot und Peitsche bereitlagen, hatte der Doktor viel zuviel dem Zufall überlassen. Und im übrigen, sah man sich die Sache einmal genauer an, klang doch an Scimenis Worten eigentlich nichts falsch. Es stimmte, da gab es einen Ton, der ihm merkwürdig vorgekommen war. Aber hatte der Arzt nicht gesagt, er habe sich schon den ganzen Tag über schlecht gefühlt? Vielleicht war er einfach nur mieser Laune gewesen.

Das Kaufangebot hatte er ihm in aller Form unterbreitet, nur zwei Punkte waren seltsam: das Versprechen, ihm das Doppelte zu bezahlen, und die Eile, die er an den Tag legte. Nun, ein Ding ist reden und ein anderes handeln. Er wollte erst einmal sehen, wie Scimeni zwei für das bezahlte, was nur eins wert war! Außerdem durfte man nicht vergessen, daß der Hühnerstall einen guten Ertrag abwarf und in Zukunft noch mehr einbringen würde; wenn der Doktor ihn haben wollte, dann müßte er in einem Jahr das Dreifache auf den Tisch legen. Und was die Eile betraf: Wenn er tatsächlich am Montagmorgen eine Antwort wegen eines anderen Geschäfts geben mußte, konnte ja nichts faul sein. Bei dem, was Turi Santalucia ihm gesagt beziehungsweise zu verstehen gegeben hatte, durfte man nicht vergessen, daß er einst mit Scimeni aneinandergeraten war und dabei drei Zähne und ein Auge verloren hatte. Turi war ein viel zu gebranntes Kind, auf den konnte man nicht zählen. Ohne Eile würde er zu Scimeni gehen und ihm sagen, daß er nicht vorhatte, ihm den Hühnerstall zu verkaufen. Und so war er wieder bei Peppi *monacu* angelangt. Wenn die Dinge so standen, wie Pasquale behauptete, war Peppi auf den Geschmack gekommen und spielte den in seiner Mannesehre Verletzten, um etwas Geld herauszuschinden. Dem Peppi würde er schon Bescheid stoßen, da genügte ein deutliches Wort. Doch im Ernst, er konnte sich einfach nicht vorstellen, daß Peppi ein Gewehr genommen und geschossen hatte. Das beste wäre, wie an den anderen Abenden ins Kino zu gehen, mit Peppi würde er am nächsten Morgen reden, das war das erste, was zu tun war, wenn er vom Land zurück war. Er hatte keine Lust, das Dorf zu durchqueren; er würde am Ufer entlanggehen, um sich dann auf der Höhe des Kinos zwischen den Häusern zu verdrücken.

Im flackernden Licht der zwei Acetylenlampen sahen die Wassermelonen, die auf den Pflastersteinen gestapelt waren oder aufgeschnitten auf der Auslage ihr rotes Fruchtfleisch feilboten, wie tänzelnde Luftballons aus. Der Händler schrie sich die Kehle heiser, die Melonen seien so rot, daß sie bald Feuer fangen würden. Vasalicò und Pasquale waren noch immer unentschlossen, ob sie ins Kino oder zu einer Partie Billard zu Masino gehen sollten. Inzwischen waren sie beim vierten Stück Melone angelangt, und das war gewiß nicht das letzte.

»Was hast du San Calogero dieses Jahr versprochen?« fragte Pasquale.

»Zehntausend Lire.«

»Hat er deine Gnadenbitte erhört?«

»Noch nicht. Aber ich will auf Nummer Sicher gehen, die zehntausend Lire kriegt er trotzdem, schließlich will ich nicht so enden wie Don Giacomino Rappolo.«

San Calogero wurde bekanntlich wegen nicht eingehaltener Versprechen ziemlich sauer: Wie alle Südländer konnte er es nicht ertragen, für dumm verkauft zu werden, und einen südländischeren als diesen Heiligen mit der schwarzen Haut, der aus arabischen Regionen stammte, konnte man schwerlich finden. Wenn San Calogero merkte, daß einer seiner Anhänger sich bei einem gemachten Versprechen knauserig zeigte oder, schlimmer noch, es gar nicht hielt, war er imstande, schreckliche Dinge zu tun, genau wie ein gewöhnlicher Christenmensch auch. Das hatte besagter Giacomino Rappolo am eigenen Leib erfahren: Er hatte dem Heiligen fünfzigtausend Lire versprochen, wenn er sein gebrochenes Bein heilte, das einfach nicht zusammenwachsen wollte. Pünktlich nach zwei Monaten war das Bein geheilt. Don Giacomino hatte es sich jedoch anders überlegt und war zu dem Schluß gekommen, daß der Dienst des Heiligen nicht mehr als fünfundzwanzigtausend Lire wert sei, denn ihm war ein leichtes Hinken geblieben. So war er in die Kirche gegangen, hatte die fünfundzwanzigtausend Lire an eins der Bänder geheftet, die aus dem Ärmelaufschlag der Statue hingen, und war hinausgegangen. Doch kaum war er draußen, hatte er einen Fuß schlecht aufgesetzt, war alle fünfzehn Stufen der Kirchentreppe heruntergestürzt und hatte sich gleich beide Beine gebrochen.

»Wer weiß, ob auch Vito ihm etwas versprochen hat«, sagte Vasalicò gehässig.

»Das tut er nie«, entgegnete Pasquale.

»Dieses Jahr macht er es vielleicht«, meinte Vasalicò grinsend, »das muß dann aber etwas Großes sein.«

Sie verspeisten das nächste Stück Melone.

»Hast du Vito gesehen?« fragte Vasalicò.

»Heute morgen habe ich mit ihm gesprochen. Ich habe ihm gesagt, meiner Meinung sei das einzig Richtige für ihn, sich bei Peppi *monacu* blicken zu lassen.«

»Warum, denkst du etwa...«

»Ich könnte meine Hand dafür ins Feuer legen.«

»Ach, geh!« wiegelte Vasalicò ab.

»Du bist nicht überzeugt? Dann weißt du also etwas?«

»Ich weiß gar nichts, ich habe nicht einmal mit ihm gesprochen. Doch heute waren wir im Zirkel, und mit einemmal ist er aufgestanden, als wäre ihm gerade etwas eingefallen, hat sich verabschiedet und ist gegangen. Neugierig habe ich ihm nachgeschaut: Er ging schnurstracks zum Haus von Doktor Scimeni.«

»Vielleicht hat er Bauchweh gekriegt.«

»Ach, woher!« widersprach Vasalicò erneut.

»Also, nur weil einer den Arzt aufsucht, vermutet ihr wer weiß was dahinter. Gehst du etwa nicht zum Arzt?«

»Ich, ja. Doch auf mich wurde nicht geschossen, noch nicht.«

»Also einer, auf den geschossen wird, geht zwangsläufig zu Scimeni? Schau mal, über Scimeni wurde schon viel geredet, als er in Amerika war und auch hinterher, aber das ist Schnee von gestern. Aber über Vito wurde noch nie geredet. Vito ist ein störrisches Maultier, einer von denen, die dreißig Jahre lang immer den gleichen Weg gehen, hin und wieder zurück und nicht nach rechts oder links schauen.«

»Eben weil er dreißig Jahre lang denselben Weg zurücklegt, ohne den Kopf zu wenden, wie du sagst, tut er nichts anderes, als ununterbrochen nachzudenken. Und eines schönen Tages setzt er das in die Tat um, worüber er dreißig Jahre lang gebrütet hat. Oder, um beim Thema störrische Vierbeiner zu bleiben, eines Tages ist er es leid, seinen Packen immer hin- und herzuschleppen, und er macht keinen Schritt mehr, selbst wenn die Glocken Sturm läuten.«

»Vito ist nicht der Typ dazu.«

»Nicht einmal Savaturi Barbato schien der Typ zu sein, der seiner Frau und den drei Kindern giftige Pilze zu essen gibt, als er erfährt, daß die Sprößlinge nicht von ihm stammen«, begann Vasalicò seine Aufzählung und nahm dabei die Finger zu Hilfe, »und auch Paolino Savatteri schien nicht der Typ zu sein, der seine Frau und seine Schwiegermutter ermordet, als er merkt, daß…«

»Siehst du nicht, daß du mir mit deinen Worten sogar recht gibst?« unterbrach ihn Pasquale.

»Wie bitte? Ich behaupte doch das genaue Gegenteil!«

»Du bringst mir Beispiele von Ehrendelikten, und nur wenn gewisse Leute in ihrer Ehre verletzt werden, werden sie handgreiflich. Und meiner Meinung nach ist Peppi *monacu*…«

»Nach zehn Jahren, in denen das halbe Dorf es mit seiner Frau treibt?«

»Nach zehn Jahren. Meinst du vielleicht, das Ehrgefühl läuft nach Stoppuhr?«

»Aber warum sollte er ausgerechnet auf Vito losgehen?«

»Weil Vito der naivste von allen ist. Er tut so, als wollte er Vito erschießen, und rettet damit seine Ehre, wohingegen er, wenn er es auf mich oder dich abgesehen hätte, riskiert, daß wir ihn am Hosenboden packen und ins Meer schmeißen. Und dann müßte er Gott danken, daß es noch glimpflich ausgegangen ist. Hör auf mich, Vasalicò, das ist eine Eifersuchtsgeschichte.«

Mammarosa war fix und fertig. Nach den Schrecken dieser Nacht hatte er den ganzen Tag um Vito gebangt, und jetzt war noch diese neue Sorge dazugekommen. Gerade überlegte er, wo er nach ihm suchen könnte – aber was war, wenn er seine Spur inmitten der vielen Leute verlöre? Mitternacht war zwar schon vorbei, doch es war die Nacht vor dem Dorffest, und deshalb mußte noch Leben auf der Straße sein. Da vernahm er ganz deutlich Vitos Schritte, der in die Straße einbog, um nach Hause zu gehen. Sein Herz schlug ihm bis zur Kehle, so hoch, daß er glaubte, es gleich auf der Zunge zu haben. Alles kam so, wie er es vorhergesehen hatte – das Eintreffen Vitos war der Beweis, auf den er gewartet hatte. Als Mammarosa sicher war, daß sich Vito in seiner Nähe befand, schoß er aus seiner Behausung hervor. Wie ein Schachtelmännchen, das in die Luft springt, wenn man den Deckel öffnet, stand er mit einemmal vor Vito, der im ersten Moment erschrak und dann, als er ihn erkannte, wütend wurde: Das ist ein echter Spürhund, der erkennt mich jetzt schon am Geruch – aber er hatte nicht einmal Zeit, den Mund aufzumachen, schon hatte Mammarosa ihn am Arm gepackt und schob ihn gewaltsam in seine Hütte. Er stolperte auf der Treppenstufe, um ein Haar hätte er eine Bauchlandung gemacht, er fluchte – beim Allmächtigen! –, aber der Alte hatte schon die Haustür hinter ihm geschlossen.

»Brennt Licht?« fragte er.

»Es ist stockfinster, man kann sich den Schädel einrennen«, sagte Vito noch immer verdattert. Bei Mammarosas Anblick hatte er schlagartig daran denken müssen, wie sein Vater ihm als kleiner Junge immer eins überzog, wenn er etwas ausgefressen hatte. Schon seit dem frühen Morgen drückte ihn das schlechte Gewissen, weil er den armen Alten nicht aufgesucht hatte, und als er dessen Hände gespürt hatte, war er wie gelähmt erstarrt, in Erwartung der Bestrafung. Doch jetzt, da er sich wieder gefangen hatte, stieg Wut in ihm hoch, er konnte nichts dagegen tun – jetzt würde er allen Ärger dieses Tages an dem Alten auslassen.

Mammarosa hörte, wie das Streichholz anging, kurz darauf das Klicken des Lichtschalters und dann Vituzzos Stimme, der fragte: »Willst du mir erklären, was in dich gefahren ist?«

»In mich ist gefahren, daß sie wieder zurück sind.«

So wie man mit dem Zug bei hoher Geschwindigkeit in einen Tunnel fährt und die Druckwelle auf die Ohren schlägt, so begriff Vito an dem Sprung, den sein Herz machte, daß er den schwärzesten und längsten Tunnel seines Lebens betreten hatte.

»Wer, sie?« brachte er gerade noch hervor.

»Ich weiß nicht, wer sie sind. Doch es sind zwei, der eine hinkt, sein Schritt klingt wie eine Art Ticktack.«

»Woher willst du wissen, daß sie mich suchen?«

»Die vergangene Nacht war für mich die Hölle, auch noch, nachdem der Maresciallo mir gesagt hat, daß nichts passiert war…«

Da hast du mir einen schönen Dienst erwiesen, lautete Vitos stummer Kommentar.

»…und plötzlich habe ich mich erinnert, daß ich, einige Minuten bevor du gekommen bist, zwei Personen gehört habe, und eine davon hinkte. Das waren keine hiesigen Leute, denn seit einigen Tagen wimmelt es wegen des bevorstehenden Fests im Dorf von Fremden. Danach bist du vorbeigekommen, und es ist das passiert, was wir wissen. Heute abend habe ich mich auf die Lauer gelegt, ich wollte dich abpassen und mit dir reden. Vor einer Minute habe ich die zwei gehört, den Hinkenden und den anderen, die genau wie gestern abend hier vorbeigingen. Ich habe mir gesagt: Du wirst sehen, gleich ist Vito hier. Und schon kamst du.«

»Aber können es nicht einfach, wie du selbst sagtest, Fremde sein?«

»Fremde hin oder her, jedenfalls gehen sie dir jeden Abend um hundert Schritte voraus«, meinte der Alte.

»Das kann reiner Zufall sein«, sagte Vito, doch er wollte Mammarosa nicht widersprechen und versuchte, sich selbst Mut zuzureden.

»Also, wenn es dir wie purer Zufall erscheint, dann mach die Tür auf und geh. Aber wenn du auf mich hören willst, dann bleibst du heute nacht besser hier.«

»Hier?«

»Das Bett ist sauber«, entgegnete Mammarosa. »Das heißt, ich werde auf einem Stuhl übernachten.«

Er ließ ihm wenig Zeit zum Überlegen.

»Also, was machst du? Gehst du oder bleibst du?«

»Ich bleibe«, beschied Vito. Und Gott sei Dank konnte Mammarosa nicht sehen, denn mit einemmal hatten sich die Angst, die Beklemmung, die Müdigkeit und die Wut in seinem Innern zu stillen Tränen verwandelt.

Vito war blitzschnell verschwunden, so daß der Carabiniere Foti der festen Überzeugung war, er sei um die Ecke gebogen und zum Schlafen nach Hause gegangen. Aus Gewissenhaftigkeit ging er noch zu der kleinen Piazza, an der Vito, wie Corbo ihm erklärt hatte, wohnte, doch er konnte nichts Außergewöhnliches entdecken; da waren nur zwei Personen, die auf dem dunkleren Teil des Platzes miteinander redeten, und an ihren belegten Stimmen war zu erkennen, daß sie ziemlich viel getankt haben mußten. Foti war Vito auf den Fersen, seitdem der Maresciallo auf ihn gezeigt hatte, als dieser gerade den Zirkel betrat; und von dem Augenblick an war es ein richtiger Kreuzweg gewesen: Zuerst ging's bis zu dem Haus in der Nähe der Brücke, dann mußte Foti drei Stunden warten, bis der andere sich entschied, vom Hügel zu steigen, wo er mit den Graukrähen gesprochen hatte, danach folgte der Spaziergang am Meeresufer – wenn sie ihn wirklich erschießen wollten, dann suchte er sich mit todsicherem Gespür die passenden Stellen dafür aus – und am Ende der Kinobesuch. Es war ein amerikanischer Spionagestreifen gewesen, mit einem Geheimagenten, der die Leute umbrachte und Schläge austeilte; immer war er von Frauen umgeben, die, kaum daß sie ihn sahen, auch schon die Beine breit machten. Zumindest in Amerika machte das Polizistsein richtigen Spaß. Er beschloß, daß es Zeit war, in die Kaserne zurückzugehen, und zwar ohne ins Auge zu fallen, wie der Maresciallo es ihm nahegelegt hatte, um Rapport zu erstatten. Sein Bericht enthielt nur ein interessantes Detail, nämlich das Aufsuchen des Hauses bei der Brücke. Corbo ließ es sich bis in die kleinsten Kleinigkeiten schildern. So geschah es, daß Turi Santalucia um ein Uhr nachts vom Maresciallo der Carabinieri geweckt wurde und ihm, noch schlaftrunken, erzählen mußte, in welcher Absicht Vito Macaluso zu ihm gekommen war. Als Corbo endlich sein Haus verließ, lag Santalucia noch lange wach und verfluchte den Doktor Scimeni, der auch nach dreißig Jahren noch imstande war, ihm mehr Schaden zuzufügen als eine wildgewordene Büffelherde.

Doch wie Turi verbrachten auch viele andere eine schlaflose Nacht, angefangen bei den zwei Besoffenen, die auf der Straße standen und bis vier Uhr früh miteinander schwatzten; ab und zu unterbrachen sie das wirre Getuschel, um mit leiser Stimme zu fragen: »Wann kommt dieser Hornochse endlich?«; auch Vito schlief schlecht, wegen der Gedanken, die ihn wie bissige Hunde anfielen, und wegen des ungewohnten Betts, in dem er sich wie eine Schnecke auf dem Rost vorkam; und Mammarosa fand keinen Schlaf, weil er hörte, wie Vituzzo sich quälte, und warf sich deshalb unruhig hin und her; selbst die Witwe Tripepi, der etwas eingefallen war und die jetzt die Rückkehr ihres Nachbarn gleichermaßen erwartete wie fürchtete, tat kein Auge zu. Der erste Kanonenschlag ließ sie allesamt auffahren, es war ein kurzer, harter Knall, der im Geschrei der erschreckten Schwalben ausklang. Das an die Hauswände geklebte Programm besagte, daß um sechs Uhr in der Früh von der Höhe des Hügels zehn Böllerschüsse abgegeben werden würden, um den Tag zu begrüßen, der den Feierlichkeiten geweiht war. Als Vito nach und nach das Tageslicht durch die Türspalte des ebenerdigen Kabuffs dringen sah, beruhigte er sich langsam wieder und dachte: Sicher hat Mammarosa übertrieben – weiß der Kuckuck, was dieser törichte Alte gehört hat, er selbst hatte sich viel zu schnell von ihm beeinflussen lassen. Es war ihm ergangen wie Angelika auf der Flucht.

Immer tiefer in den Wald, weg vom Grausamen flieht sie,
zitternd vor Furcht und Mißtrau'n:
Bei jedem Busch, den sie berührt im Lauf,
glaubt sie schon, im Schlund des Ungeheuers zu sein.

Doch das war entschuldbar, und angesichts des großen Feuers, das seit zwei Tagen in ihm loderte, mußte man sich fragen, wieso er noch nicht vierzig Grad Fieber hatte. Pünktlich beim ersten Böller legten die Trommler los, laut Festprogramm jetzt fünfzehn an der Zahl. Vito entschied sich aufzustehen, auch wenn es ihm nicht danach war: Nach einer kurzen Weile würde das ganze Dorf, von Kanonen und Trompeten aus dem Schlaf geschreckt, mitkriegen, wie er die Kate verließ. Er stieg aus dem Bett, in dem er in voller Bekleidung und mit Schuhen genächtigt hatte, und näherte sich mit sachtem Schritt der Tür. Er wollte Mammarosa nicht stören und verspürte auch keine Lust, mit ihm zu reden. Doch als er behutsam die Tür öffnete, hörte er hinter sich die Stimme des Alten: »Paß auf dich auf, Vituzzo.«

»Ja, ja«, sagte er unwirsch und riß, vom hellen Licht des Tages geblendet, die Augen auf.

»Wer bin ich denn, San Calogero etwa?« meinte Corbo. Vor ihm stand Carbone in Zivil, unter dem Arm trug er einen Weidenkorb, auf dem ein besticktes Tuch lag: Er hatte einen Zipfel hochgehoben, und darunter kamen reich verzierte Laibe von Festtagsbrot aus dunklem Korn mit goldbrauner Kruste zum Vorschein.

»Probieren Sie doch mal eine Scheibe.«

»Die Weihgabe für den Heiligen ist tabu«, erinnerte ihn der Maresciallo.

»Ihm sind fünf Laibe versprochen, das hier sind sechs, einer ist fürs Haus.«

Corbo war versucht, der Duft des Brots erfüllte den ganzen Raum.

»Ich habe es frisch vom Bäcker«, fuhr Carbone fort.

»Das rieche ich«, brummte Corbo und gab sich geschlagen. Er holte ein Messer aus der Schublade und schnitt drei Scheiben ab, eine für sich, eine für Carbone und eine für Tognin, dem, als der Kollege an ihm vorbei ins Büro des Maresciallo ging, sofort das Wasser im Mund zusammengelaufen war.

»Spülen wir nicht nach?« erkundigte sich Carbone.

»Darum kümmere ich mich.« Corbo erhob sich, machte den Schrank auf und nahm eine Flasche Marsala und drei Gläser heraus.

»Wo sind die anderen zwei?« fragte Carbone mit vollem Mund.

»Foti steht Wache vor Vitos Haus, Manzella habe ich vor fünf Minuten auf die Landstraße geschickt, damit er Vito im Auge behalten kann, falls er aufs Feld geht.« Er tat einen Seufzer: »Dieses Brot ist einfach paradiesisch.«

»Paradiesisch«, stimmte Carbone bei. »Gestern abend«, sagte er nach einer Pause, »als ich Sie allein gelassen habe, bin ich auf einen Kaffee zu Masino gegangen.

Dort war auch Pasquale Cascino, der die Runde unterhielt.«

»Was erzählte er?«

»Daß Vito in der Tinte hockt, weil er mit Giovannina, der Frau von Peppi *monacu*, rummacht.«

»Ich weiß«, sagte der Maresciallo.

»Pasquale meinte, es sei seltsam, daß Peppi erst nach so langer Zeit reagiert, doch bei Gehörnten könne man ja nie wissen.«

»Damit habe ich gerechnet«, sagte Corbo nachdenklich.

»Haben auch Sie an Peppi gedacht?«

»Ich? Nicht im Traum. Gib mir noch eine Scheibe.«

Carbone bediente ihn und schenkte sich bei der Gelegenheit noch ein Glas Marsala nach.

»Also, womit haben Sie dann gerechnet?«

»Daß sie diese Geschichte mit ins Spiel bringen. Zeit haben sie wahrlich genug verstreichen lassen. Für den Fall, daß das, was sie im Schilde führen, schiefgeht, halten sie jetzt schon den armen Peppi als Sündenbock in Reserve, damit der die Sache ausbadet. Wenn du noch einmal diese Geschichte aus dem Munde von Pasquale Cascino hörst, sag ihm, er soll herkommen und sie mir erzählen, dann werd' ich ihm schon stecken, daß er noch an Märchen glaubt. Diese Sache, lieber Carbone, hat sich ein echter Meister seines Fachs ausgedacht, kein Peppi *monacu*. Aber weißt du was? Dieses Brot ist das reinste Wunder!«

»Bedienen Sie sich ruhig«, meinte Carbone und stellte den ganzen Brotkorb vor ihm auf den Schreibtisch.

Er lag auf dem Bauch, den Hals zur Seite gebogen, einen Arm um den Kopf gelegt, der andere lag neben der Hüfte. Auf den wenigen Zentimetern Erdboden, die er durch die Armbeuge sehen konnte, sah er einen Wurm und einen Grashalm. Der Wurm – einer von der fetten, weißen Sorte, wie man sie unter Steinen findet – hatte sich vorgenommen, den Grashalm hinaufzuklettern. Zuerst hob er das Köpfchen, als wollte er die Länge des Halms abschätzen, dann begann er, sich mit seinen winzigen Greiffüßen, die dünner als ein Haar waren, den Halm hinaufzuwinden. Ein Stück weit schaffte er es auch, doch auf halber Höhe angelangt, bog sich der Grashalm langsam nach unten. Der Wurm gab nicht auf und setzte mühsam seinen Aufstieg fort. Mit einemmal aber berührte der gebogene Halm, ohne abzubrechen, den Boden, und der Wurm klatschte trotz mühsamer Versuche, das Gleichgewicht zu wahren, böse auf die Erde. Er wand sich hin und her, doch sobald er wieder kriechen konnte, kehrte er zum Halm zurück. Das war zum Verrücktwerden, und Vito hatte Lust, ihn zu zerquetschen, doch er konnte sich nicht rühren. Die zwei Läufe der *lupara* in seinem Rücken hielten auch ihn gegen den Boden gequetscht: »Wenn du eine Bewegung machst, bist du tot« hatte der maskierte Mann zu ihm gesagt, dessen Stiefel er von Zeit zu Zeit sehen konnte. Die Sonne brannte. Seit einer Weile hatte Vito aufgehört, sich zu fragen, wann er endlich abdrücken würde. Bis er auf einmal davon überzeugt war, daß auch der Mann hinter ihm den Wurm beobachtete: Fall, fall runter, ich bitte dich, flehte er ihn in Gedanken an, und der Wurm hatte ihn möglicherweise verstanden, denn auf halber Strecke drehte er sich um und sah ihn an, als wollte er ihm raten, die Ruhe zu bewahren, denn auch dieses Mal würde es bestimmt so enden wie die Male davor. Doch dem war nicht so. Der Halm bog sich nicht, schien hart wie Stein geworden zu sein, und Vito verspürte Lust, tief durchzuatmen, der Grashalm bewegte sich nicht. Seelenruhig erreichte der Wurm die Spitze und stieg noch ein Stückchen weiter. »Dieses Mal hat er's geschafft«, sagte der Mann mit dem Gewehr und schoß.

Er sprang aus dem Bett, im Zimmer hallte noch das Echo des Lauts wider, den er ausgestoßen hatte, als der Mann im Traum auf ihn feuerte. Gleich bei seiner Rückkehr nach Hause hatte er sich aufs Bett geworfen, um sich fünf Minuten auszuruhen, aber der Schlaf hatte ihn übermannt. Plötzlich klopfte es heftig an der Tür, er öffnete, und wie tags zuvor stand Pinuzzo vor ihm.

»Was machen Sie heute morgen?«

»Ich komm' ja schon«, erwiderte Vito, »ich wasch' mir gerade das Gesicht, dann komme ich.«

Die Landstraße sah an dem Tag aus wie der Corso. Scharen von festlich gekleideten Menschen zogen aus den ländlichen Gegenden ins Dorf, um an den Festivitäten teilzunehmen. Manche führten ihre Maultiere und Ziegen mit sich. Alle Tiere waren mit besticktem Zaumzeug, vielfarbigen Stoffstücken, goldenen und silbernen Fransen geschmückt, und auf jedem waren zwei Sack Mehl festgebunden, die dem Heiligen in der Kirche dargebracht werden sollten. Als San Calogero noch lebte, hatte eine schlimme Seuche Hunderte Dorfbewohner, damals allesamt Bauern, dahingerafft, und der Heilige hatte alle Hände voll zu tun, um die Kranken zu pflegen. Doch die, die er von der Pest heilen konnte, starben, schwach wie sie waren, trotzdem, da sie nichts zu beißen hatten. Aus Angst vor Ansteckung hatten die Reichen und Adligen nämlich die Türen und unteren Fenster ihrer Häuser zugemauert, nachdem sie dort reichlich Mehl und Feldfrüchte eingelagert hatten. Da hatte San Calogero einen guten Einfall gehabt: Er hatte Ziegen, Maultiere und Pferde gepackt, sie aneinandergebunden und war dem Zug laut trommelschlagend vorangegangen. Die Reichen, die sich, von Neugier gepackt, aus den Fenstern lehnten, beschwor er, Brot und Kornsäcke von den Balkons zu werfen, so daß sie jede Berührung mit ihm vermieden. Die Reichen hatten sich überzeugen lassen, und der Heilige konnte seine Kranken retten.

Wenn er mich von dieser anderen Pest genesen läßt, mache ich ihm möglicherweise auch ein Weihversprechen, sagte sich Vito, während er hinter den Torpfeiler nach dem Schlüssel suchte, den Pinuzzo dort versteckt hatte. Sie traten in den Hof, wo die Ställe für die Hennen und Hähne waren, und Pinuzzo beeilte sich, ihm mitzuteilen, daß das Gelege tags zuvor nur gering gewesen sei.

Und wie viele Eier sind in deiner Tasche verschwunden? dachte Vito, sagte zu Pinuzzo aber nur, er solle anfangen, die frischen Eier einzusammeln, er wolle inzwischen den Lagerschuppen aufschließen. Nach wenigen Schritten ließ ihn die Panik in der Stimme des Jungen zu Stein erstarren.

»Schnell, Don Vitù, kommen Sie schnell her!«

Er rannte los.

In dem großen Gehege waren mindestens dreihundert Hennen aufeinandergestapelt, und allen war sorgfältig der Kopf vom Rumpf getrennt worden. Vito kehrte sich ab und übergab sich.

»Er ist mit einem Gesicht an mir vorübergerannt, daß man Angst bekommen konnte, er sah aus wie ein Wahnsinniger. Hinter ihm eilte derselbe Bursche, den er schon beim Aufstieg dabeihatte, dem hing wie einem Hund die Zunge heraus. In diesem Moment wußte ich nicht, was ich tun sollte. Ich war neugierig darauf, zu sehen, wovor er davonlief, aber Sie hatten mir ja aufgetragen, ihn nicht aus den Augen zu verlieren. Ich blieb ihm auf der Fährte. Plötzlich habe ich Foti auf der Landstraße gesehen und ihm ein Zeichen gegeben. So konnte ich zum Hühnerhaus zurückgehen. Ich rechnete damit, einen Toten zu entdecken, statt dessen habe ich das da gesehen.«

Manzella war klatschnaß von dem Spurt, den er gemacht hatte, und Corbo, der ihm ein Glas Marsala reichte, fühlte sich an die Kriegszeiten erinnert, als sie tagelang vor dem Telefon saßen und die Meldegänger kamen und gingen. Die Geschichte mit den enthaupteten Hühnern, die Manzella ihm gerade erzählt hatte, paßte seiner Meinung nach nicht zu all den Dingen, die der Hauptmann Bartolini ihm mitgeteilt hatte. Die Geschichte von Bartolini, der dieses ganze Theater mit der geklauten Kamera aufgeführt hatte, um mit ihm sprechen zu können, paßte zu den zwei Schüssen auf Vito, den Drogen, dem erschossenen Mirabile, die ausgestopften Orangen und Beirut. Aber vielleicht geht es auch in Beirut so zu, dachte er, wer weiß. Während sie ein Fest zu Ehren Mohammeds feiern, brennen sie irgendeinem heimlich das Getreide nieder.

»Nur die Ruhe bewahren«, sagte er laut und mehr zu sich selbst als zu Manzella. »Ruhig und keinen falschen Schritt.«

Egal, was passiert war, eins stand fest: Die Situation wurde von Minute zu Minute gefährlicher. Vito hatten sie von allen Seiten unter Beschuß genommen, sie ließen ihm keine Zeit, Atem zu holen. Vito mußte jetzt zwangsläufig handeln – entweder das tun, was die von ihm wollten, die ihn nicht in Frieden ließen, oder sich etwas anderes ausdenken. Wie man es auch drehte und wendete, immer war Vito die Schlüsselfigur.

»Du«, sagte er zu Manzella, »machst dich auf die Suche nach Foti, zu Wasser und zu Lande ...«

»Und wo soll ich den bitte finden?« unterbrach der Angesprochene ihn.

»Das fragst du mich? Woher soll ich das wissen?«

»Bei dem Rummel, der wegen des Fests im Dorf herrscht ...«

»Wieviel Uhr ist es?« fuhr Corbo plötzlich auf.

»Halb eins.«

»Du guter Gott! Tognin!« schrie der Maresciallo.

Tognin stürzte aus dem anderen Raum herbei.

»In einer halben Stunde kommt der Heilige heraus«, sagte Corbo, »und es wird wieder den üblichen Aufstand geben. Spute dich, daß du auf die Piazza kommst, stell dich gegenüber dem Kirchenportal auf. Später komme ich nach.«

Tognin salutierte und ging.

»Ich will dir helfen«, sprach Corbo weiter. »Geh ans Ende des Dorfs, in die Bahnhofsgegend, wo das Schwefellager ist. Dort steht eine Baracke, auf die paßt ein gewisser Peppi *monacu* auf. Versuch's mal dort, es könnte sein, daß du in der Gegend auf Foti stößt. Wenn er nicht dort ist, stell dich auf den Kopf und wackle mit den Beinen, leg vor der Madonna ein Gelübde ab, oder mach sonst irgendeinen Quatsch, aber finde Foti. Lös ihn ab und sag ihm, er soll mir schleunigst Bericht erstatten. Du bleibst dort und läßt Vito keine Sekunde aus den Augen, auch nicht, wenn es der Allmächtige persönlich von dir verlangt.«

Manzella erhob sich mißmutig. Als er an der Tür war, rief Corbo ihn zurück.

»Ah, Manzè, noch etwas. Wenn du herkommst und mir sagst, du hast Vito aus den Augen verloren, dann geh vorher noch bei dir zu Hause vorbei und pack die Koffer. Ich laß dich dann nach Bozen versetzen, so kannst du die Sonne sommers wie winters genießen.«

»Noch einen Schritt, und ich stech' dich ab«, sagte Peppi *monacu* und ging rückwärts, bis seine Schultern die Mauer berührten.

Friedlich wie ein Mondkalb war er gerade dabeigewesen, sich gesalzene Sardinen mit Zwiebeln und Essig zuzubereiten, als die Tür mit einem Schlag aufsprang und

Vito, dem die Augen bald aus dem Kopf traten, auf der Bildfläche erschien. Zum Glück hatte er gerade das Brotmesser in der Hand, für den Fall, daß Vito über ihn herfallen wollte.

»Du Elender«, stieß dieser keuchend hervor. Peppi hatte er immer schon die Stirn geboten, und jetzt machte er ihm, wütend wie er war, nicht mal mit dem Messer in der Hand angst. »Du gehörnter Hurensohn!«

»Danke für die netten einleitenden Worte«, sagte Peppi, »doch wenn du zufällig über mich sprichst, kann ich dir sagen: Ich bin zwar gehörnt, elend vielleicht auch, aber ein Hurensohn bin ich nicht. Und nachdem du Dampf abgelassen hast, kannst du mir vielleicht sagen, was du von mir willst?«

»Weißt du das nicht? Weißt du das wirklich nicht?«

»Ich weiß von nichts.«

Vito trat einen Schritt vor, Peppi tat es ihm gleich, das Messer vor sich ausgestreckt.

»Ich durchlöchere dich«, sagte er.

»Aus heiterem Himmel fällt dir plötzlich ein, daß du ein Hahnrei bist«, griff Vito ihn an, rührte sich aber nicht vom Fleck. »Fünf Jahre schon besorgen ich und das halbe Dorf es deiner Ehefrau, und ausgerechnet jetzt und ausgerechnet mit mir willst du Zoff anfangen?«

»Wer bist du überhaupt? Wer will denn überhaupt was von dir?«

»Du willst sehr wohl was von mir, wenn du auf mich schießt, und auch, wenn du meine Hühner abschlachtest…«

»Ich? Ich?!«

»Ja, genau, du. Mir die Hälfte der Hühner abzustechen, das bringen nur erbärmliche Gestalten wie du zuwege. Es ist, als hättest du deine Unterschrift daruntergesetzt. Was wolltest du eigentlich? Geld? Du hättest mich darum bitten können, und ich hätte es dir gegeben. Für mein Vergnügen mit deiner Frau war ich ohne weiteres bereit zu bezahlen, was glaubst du denn? Jetzt aber kannst du von mir aus auch abkratzen, von mir kriegst du keine einzige Lira, auch wenn du dir die Haare einzeln ausreißt. Zuerst schlage ich dir die Fresse ein, und dann bringe ich dich in den Knast. Und da du ein Rückfalltäter bist, kannst du dich dort gleich häuslich einrichten.«

»Du willst mich hinter Gitter bringen, um dich ungestörter meiner Frau zu widmen? Wer sollte denn etwas dagegen haben? Oder willst du mir etwa verbieten, auch ab und an Maß zu nehmen?«

»Von mir aus kannst du ihn dieser alten Schlampe von Giovannina so tief reinstecken, daß er ihr zur Nase rauskommt!«

»Ja also?«

»Was, ja also?«

Sie hielten beide etwas verwirrt inne. Ihre Unterhaltung war falsch eingefädelt und nahm eine andere Richtung an, als Vito ursprünglich angepeilt hatte. Dieser Peppi war ein richtig durchtriebener Kerl, mit allen Wassern gewaschen.

»Warte mal«, sagte Peppi, als wäre ihm gerade etwas eingefallen, näherte sich dem Fenster und sah hinaus. Lächelnd kehrte er wieder an den Tisch zurück, legte ohne Hast das Messer nieder und ging mit verschränkten

Armen rückwärts, ohne die Augen von Vito zu nehmen, bis seine Schultern erneut die Wand berührten.

»Was soll dieses Theater?« fragte Vito verwundert.

»Das hättest du mir auch früher sagen können«, meinte Peppi ganz ruhig, »daß du Augenzeugen mitgebracht hast. Da draußen sind zwei, die miteinander reden und das Haus beobachten. Also Vituzzo, nur Mut, wofür willst du mir die Schuld geben? Was sollen die beiden denn erzählen? Was willst du tun, Vituzzo, bringst du mich um, läßt du mich von denen da beiseite schaffen, oder willst du dafür sorgen, daß ich dreißig Jahre sitze?«

Kaum hatte er zu Ende gesprochen, hielt er schon wieder das Messer in der Hand, aber an der Klinge, den Arm in Richtung Vito gestreckt.

»Nimm du es«, sagte er. »Es ist deins. Du bist jetzt an der Reihe.«

»Also gibst du mir recht. Du bist es gewesen, der …«

»Nein. Ich habe dir nichts getan. Aber das Messer mußt du nehmen, es ist besser so. Wenn ich es weiter in der Hand halte, passiert noch ein Unglück.«

»Das Unglück hast du in den Hörnern«, sagte Vito, der seit fünf Minuten nichts mehr von dem begriff, was der andere tat. »Reiz mich nicht, Peppi, wenn ich das Messer tatsächlich nehme, werde ich mich vergessen.«

»Zuerst aber mußt du mir sagen, warum. Denn ich schwöre dir – und ich habe nichts dabei zu verlieren –, daß ich es nicht gewesen bin, und das weißt du. Ich habe weder auf dich geschossen noch mit deinen Hühnern das gemacht, was du behauptest. Sprich jetzt.«

Vito bohrte seine Augen in die des anderen, als wollte

er sie durchlöchern, und begriff im selben Augenblick an Peppis standhaftem Blick, daß er alles falsch machte. Dieses Mal war er es, der einen Sprung ans Fenster machte. Draußen stand ein Mann, den er noch nie im Dorf gesehen hatte. Er wirkte wie ein Vorstehhund. Sein Kumpel, den Peppi gesehen hatte, mußte sich wohl versteckt haben, vielleicht lauerte er ihm hinter der Tür auf. Die echte Angst, die er bis zu diesem Augenblick von sich hatte fernhalten können, senkte sich jetzt schwer wie eine dichte Haube auf ihn herab: Ganz deutlich erkannte er, daß er mit seinen Anschuldigungen gegen Peppi vor allem sich selbst etwas hatte vormachen wollen; in Wirklichkeit aber war ihm vom ersten Augenblick an klar gewesen, daß Peppi nichts mit der Geschichte zu tun hatte, und am Ende hatte er es doch geglaubt, wie ein Krebskranker, der sich einreden will, nur an einer Erkältung zu leiden.

»Du sagst nichts?« fragte Peppi hinter ihm. »Also spreche ich.«

Er zog die Tischschublade auf, legte das Messer hinein und setzte sich hin. Vito blieb am Fenster stehen.

»Als ich im Gefängnis war, kam meine Mutter nach einem Jahr und erzählte mir, daß Giovannina vom Pfad der Tugend abgekommen sei. Zuerst wollte ich das meiner Mutter nicht abnehmen, denn sie hat meine Frau noch nie leiden können. Dann aber erzählten mir Freunde genau dasselbe. Was hätte ich tun sollen? Mir waren die Hände gebunden, und ich mußte das Gift schlucken. Ich habe sie nicht mehr sehen wollen und sie wissen lassen, daß ich – sollte sie mich je besuchen kommen – bestimmt einen Weg finden würde, sie umzubringen, auch wenn ich in Ketten lag. Nach einigen Jahren Kerker habe ich nicht mehr an Giovannina gedacht, nur hin und wieder brannte die Schmach. Als ich entlassen wurde, ließ Corbo mich rufen, um mir zu sagen, falls ich gierig darauf sei, Hurenfleisch zu essen, könne ich es mir zu einem günstigen Preis kaufen – die heimliche Schlachtung sei nämlich verboten. Doch eines Tages bin ich zufällig über sie gestolpert und konnte seitdem keine Ruhe mehr finden. Das ganze Dorf bediente sich bei ihr, du warst die Nummer eins, und ich sollte nichts davon haben? Ich, zu dem sie von Gesetzes wegen immer noch gehörte?«

»Ich bin hinterher zu ihr gegangen, nach den anderen«, sagte Vito.

»Das interessiert mich nicht. Eines Nachts habe ich sie dann besucht. Als sie mich erkannte, wurde sie weiß wie ein Leichentuch. ›Ich tu dir nichts‹, habe ich zu ihr gesagt. Sie warf sich, ohne mich anzusehen, wie ein Tier aufs Bett und machte die Beine breit. Doch erst bin ich noch einmal hinausgegangen und habe sie geheißen, mir das Fenster, das ebenerdige, aufzumachen. Durch das bin ich in jener Nacht hineingeschlüpft, und das ist weiterhin der Einlaß, wenn ich zu ihr gehe. Durchs Fenster, wie ein Liebhaber. Du und die anderen seid diejenigen, die durch die Tür treten, wie es die Ehemänner tun. Dir und dem ganzen Dorf setze ich die Hörner auf, und nicht umgekehrt.«

Dann sagte er nichts mehr. Er zog den Teller mit den Sardinen zu sich heran, nahm das Brot, begann zu essen, als wäre der andere gar nicht anwesend.

»Tust du mir einen Gefallen?« fragte Vito unvermittelt.

»Was willst du?«

»Begleite mich nach Hause.«

»Damit das ganze Dorf etwas zu lachen hat?« meinte Peppi.

»Tu mir diesen Gefallen, Peppi, ich bin am Ende.«

»Und die zwei da draußen?«

»Ebendeshalb will ich in Begleitung sein. Ich habe sie noch nie gesehen oder sonstwie ihre Bekanntschaft gemacht.«

»Viele wart ihr, die ihr mir die Mannesehre genommen habt, und jetzt willst du, allein und innerhalb einer Sekunde, mir auch noch die Menschenwürde nehmen«, sagte Peppi und steckte sich die letzte Sardine in den Mund. »Gehen wir.«

Um Schlag ein Uhr gingen die Türen auf, und der Heilige kam heraus. Im Jahr 1946, während des ersten Septembersonntags – das Fest zu Ehren von San Calogero fiel immer auf diesen Tag –, hätte Seine Exzellenz, Hochwürden Monsignore Luigi Rufino, beinahe der Schlag getroffen. Vor wenigen Monaten erst hatte es ihn aus seiner ach so fernen Heimatstadt Alessandria nach Agrigent verschlagen – während der Zeit der Republik von Salò hatte sein väterliches Herz ein wenig zu heftig zugunsten der schwarzen Brigaden geschlagen, was, so behaupteten böse Zungen, auch der Grund für seine Versetzung gewesen war –, und hier war er bei der Ausübung seines Amtes als Seelenhirte auf einige Hindernisse gestoßen. Nach den entbehrungsreichen Kriegsjahren trachteten die Leute allzusehr nach der Befriedigung ihrer leiblichen Bedürfnisse, anstatt sich auf die seelischen zu besinnen. Im übrigen richtete der Bandit Giuliano größeren Schaden an als ein Hagelsturm; bewaffnete Banden aus der Separatistenbewegung verunsicherten Straßen und Feldwege, und die Amerikaner machten das Maß der Verwirrung voll, indem sie versuchten, Bauern, Schäfer und Fischer zu überreden, der evangelischen Kirche beizutreten, wo man nach Lust und Laune Camelzigaretten rauchte und Anrecht auf zwei Lebensmittelpakete pro Tag hatte. Der politische Kampf entzündete sich im wahrsten Sinne des Wortes, da die Stichflammen aus den *luparas* und die aus Rache in Brand gesteckten Ernteerträge regelmäßig die Meinungsverschiedenheiten ausleuchteten. Was Seiner Exzellenz jedoch den letzten Rest gab, war das Fest, dem er nun beiwohnte.

»Das ist ein heidnisches Ritual!« hatte er den Gemeindepfarrer plötzlich angebrüllt, dem ein gewaltiger Schreck in die Glieder fuhr.

Ehrlich gesagt, man mußte ihm einfach recht geben. Als die Türflügel aufgerissen wurden und die Böllerschüsse krachten – ein Feuerregen, der zum festlichen Anlaß mit übriggebliebener Kriegsmunition angereichert worden war –, hatten zwölf Hafenarbeiter die Trage mit der Statue auf der ersten Treppenstufe in Kippstellung gebracht und ihr dann mit vereinten Kräften einen Stoß versetzt. Der Heilige rutschte gefährlich schwankend die fünfzehn Stufen bis zur Piazza herunter und wurde dort von zwölf weiteren Lastenträgern gebremst;

sie waren alle barfuß, die Köpfe bedeckt mit bunten, im Nacken verknoteten Tüchern, die Oberhemden bis zum Bauchnabel aufgeknöpft, die Hosen wurden von einer breiten, farbigen Schärpe auf Hüfthöhe zusammengehalten. Beim Erscheinen des Heiligen erhob sich ein Schrei aus der Menge – »*E chi ficimu? Nu scurdamu? Ebbiva San Calò!* – Was machen wir? Könnten wir ihn je vergessen? Hoch lebe San Calò!« –, der in den Ohren Seiner Exzellenz wie das unverständliche und wilde Kriegsgeschrei der Türken auf den ersten Kreuzzügen klingen mußte; dann legten die fünfzehn ausgewählten Trommler in der gleichen Aufmachung wie die Hafenarbeiter mit großem Eifer los. Die Trage war noch rechtzeitig gestoppt worden, sonst hätte sie die Fensterscheiben von Masinos Café zertrümmert. Dutzende brüllender Menschen hatten sich gleichzeitig auf sie gestürzt, und kurze, aber wütende Streitereien waren entflammt. Die Carabinieri waren herbeigeeilt, um Ordnung zu schaffen und eine Reihenfolge festzulegen. So hatten sich verschiedene Familiengruppen gebildet, die sich gegenseitig böse Blicke und Flüche an den Kopf warfen, während sie darauf warteten, auf die Trage klettern zu dürfen. Hatten sie den ersehnten Platz eingenommen, stellten sie sich in Pose, die Kinder hockten dem Heiligen zu Füßen, das Familienoberhaupt stand auf einer Seite, den Arm freundschaftlich um die Schultern der Statue gelegt, die Gemahlin mit der Handtasche in den Fingern auf der anderen. Während der Fotograf hinter dem Stativ die Aufnahme schoß, baten die Mitglieder der porträtierten Familie den Heiligen um seine Gunst und flüsterten ihm ins Ohr, welches Weihgeschenk sie ihm machten: Er jedoch kümmerte sich nicht darum. Den Blick auf das aufgeschlagene rote Buch in seiner Rechten gerichtet, umklammerte er mit der linken Hand einen knorpeligen Stock; das Haupt stets gesenkt, ließ er es nicht zu Vertraulichkeiten kommen. Als das Fotografieren zu Ende war, hatten die Träger ohne größere Anstrengung die enorm schwere Trage hochgehievt, sie auf ihre Schultern gesetzt und waren damit losgerannt. Der Heilige ging schließlich, wie jeder wußte, im Eilschritt, da er stets viele Dinge zu erledigen hatte. Den Anfang des Zugs bildeten die Priester, die sich mit wehenden Kutten bemühten, mit dem forschen Schritt mitzuhalten, hinter ihnen kamen die ausgelassenen Trommler und danach die Gläubigen. Von den Balkonen, die mit bestickten Decken von der Aussteuer geschmückt waren, regnete es Brotscheiben, und bei jedem neuen Wurf bildete sich ein Wald aus Händen, der flugs wieder verschwand, die Armen eilten zu Hunderten aus den nahe gelegenen Dörfern herbei, und Dankgeschrei erfüllte die Luft. Von Zeit zu Zeit gab ein Glöckchen den Heiligenträgern zu verstehen, daß eine besondere Spende zu erwarten war. Dann wurde der Heilige mit Mühe gestoppt. Wegen des schnellen Tempos hielten es die Lastträger wie die Pferde, wenn sie bergabwärts gehen: den Leib nach hinten und die Beine nach vorne gestemmt. Wer die Gnade erhalten hatte, kam auf die Straße herunter und befestigte seine Weihgabe in Form von Banknoten an den langen roten und azurblauen Bändern, die von den Armen der Statue hingen. Wenn die Bänder voll waren wie Fliegenfänger im

Viehstall, nahm ein Mitglied des Festkomitees einen Sack und stopfte das Geld hinein. Die Besitzer der Tavernen waren angehalten, nicht zu schließen – Pietro Savio hatte es einmal probiert, worauf man ihm mit den Stangen der Trage im Katapultflug die Tür einrammte – und mußten den Trägern bei jedem Halt gratis Wein nach Belieben ausschenken. Ein Glas stand jedesmal dem Heiligen zu: Nach drei oder vier Haltestationen, bei denen die Lippen der Statue mit Wein beträufelt wurden, lief schließlich ein rotes Rinnsal aus San Calogeros Mund. Mit dem Weinbächlein, das aus seinem Mund floß, und wegen des torkelnden Gangs der Träger sah der Heilige gegen fünf Uhr nachmittags aus wie ein Besoffener, der sich nicht mehr auf den Beinen hält. Hin und wieder kreischte einer der Lastträger oder ein Witzbold aus der Menge, dem Heiligen sei es zu warm, ob man denn nicht sehe, wie er schwitze? Also mußte er abgetrocknet werden: Sie hielten an, ließen die Trage herunter, zogen ein gepunktetes Rotztuch aus der Tasche und rubbelten ihm damit heftig das Gesicht ab. An jenem Tag geriet Seine Exzellenz völlig aus dem Häuschen, als er mit ansehen mußte, wie einer der Träger – einer der Strenggläubigen – das Gesicht des Heiligen mit einer miauenden und kratzenden Katze abwischte, die auf der Brüstung eines ebenerdigen Fensters gesessen hatte.

Während die Prozession die Straßen des Zentrums verließ, wo die Bürgerleute wohnten, um in die Gassen des Ortsrands vorzudringen – immer noch im Eilschritt, nach stundenlangem Marsch, Mütter hatten Mühe, die Kleinen beiseite zu schaffen, damit sie nicht umgerannt wurden –, begann der Heilige mit seinen akrobatischen Kunststückchen, um sich seinen Weg selbst durch die allerengsten Gassen zu bahnen: Er stellte sich quer, zu drei Vierteln schräg, auf den Kopf und gelangte stets dorthin, wo irgendein Kranker wohnte, der ungeduldig seiner Ankunft harrte. Je tiefer die Trage in die Straßen der Armen drang, die von ihren Bewohnern aus Verzweiflung mit den liebevollsten Namen benannt worden waren – Honiggasse, Zuckertreppe, Paradiesplätzchen –, desto schwerer lastete die Traube von Kindern, die darauf saßen – taubstumme, verkrätzte, triefäugige, gelbsüchtige Kinder. Die ohnehin schon große Pein Seiner Exzellenz wurde gegen Abend noch größer. Eine Abteilung von Negersoldaten, die von den Amerikanern zur Bewachung von wer weiß was zurückgelassen worden war, bahnte sich, kaum hatte sie Freigang, einen Weg durch den Prozessionszug. Beim Anblick eines Heiligen von derselben Hautfarbe wie der ihren drehten die Schwarzen auf der Stelle durch. Drei von ihnen zogen das Maschinengewehr und sprangen wild in die Luft schießend vor den geistlichen Würdenträgern herum, einer blies Trompete, als wäre er Armstrong, vier oder fünf andere schlugen die Trommeln, und die übrigen gaben tanzend und singend eine Vorstellung, nachdem sie die Bänder mit Dollars vollgesteckt hatten. Zu guter Letzt baten sie darum, auch einmal die Heiligentrage schultern zu dürfen. Die Hafenarbeiter ließen sich nicht lange bitten, wohl auch deshalb, weil ihr Kummer darüber, den Heiligen ein Weilchen aus den Händen geben zu müssen, prompt mit klingender Münze aus den Staaten entschädigt wurde. Als die zeitweilig von ihrer Last befreiten Träger sich mit Hochrufen um den Monsignore scharten, entdeckte der voller Entsetzen, daß alle ausnahmslos das Abzeichen der kommunistischen Partei auf dem grauen Arbeitshemd trugen. Dann kam der Höhepunkt des Skandals. Als Seine Exzellenz bei Sonnenuntergang vor dem Kirchenportal wartete, um zur feierlichen Abendmesse wieder in das Haus Gottes einzukehren, sah er voller Staunen, wie die Prozession plötzlich rückwärts ging und hinter einer Ecke verschwand. Der Gemeindepfaffe, der im Laufe jenes Nachmittags unter den Augen Seiner Exzellenz sichtlich gealtert war, versuchte zu erklären, daß dem Heiligen offenbar nicht der Sinn danach stand, in die Kirche zurückzukehren: Da er das ganze Jahr über nur einmal an die frische Luft kam, hatte er jetzt Lust, noch eine kleine Runde auf der Mole zu drehen. Im übrigen sei dies keine Tradition, um Gottes willen, nein!, doch ab und an konnte es schon vorkommen. Vollkommen entgeistert begann Seine Exzellenz, nach den Carabinieri zu rufen, die den Heiligen unter Aufbietung aller Mittel am Ende überzeugen konnten, sich wieder in die Kirche zu verziehen. Am folgenden Tag verkündete Seine Exzellenz, daß die Kommunisten von nun an nicht mehr die Heiligenstatue tragen dürften, das Brot nicht mehr aus den Fenstern geworfen und die pekuniären Weihgaben besser persönlich dem Pfarrer ausgehändigt werden sollten, und wenn jemand ein einziges Mal wagte, San Calogero noch mal einen Schluck Wein zu trinken zu geben, würde er das gesamte Dorf exkommunizieren. So nahm der langwährende Krieg zwischen den Anhängern San Calogeros und Seiner Exzellenz Monsignore Rufino seinen Anfang.

Selbst als dieser nach einiger Zeit seine Ansichten über Sitten und Bräuche der Sizilianer änderte und aller Welt verkündete, die Mafia sei eine gehässige Erfindung der Zeitungen aus dem Norden, beharrte er doch auf seiner Meinung, daß ein echter Heiliger Zielscheibe heidnischer Bräuche geworden sei. Es kam jedoch zu einer Einigung: Der Heilige wurde, bevor man ihn die Treppenstufen hinunterdonnern ließ, von den Pfaffen zu einem gewöhnlichen Sterblichen deklassiert. Sie nahmen ihm zu diesem Zweck den Heiligenschein vom Haupt und geleiteten ihn nicht durchs Dorf. Die offizielle, vom Bischof anerkannte Prozession fand abends statt, wenn dem Heiligen, sobald er von den letzten Runden auf der Mole zurück war, der Heiligenschein wieder auf den Kopf gesetzt wurde. Das Volk aber behauptete, die ordentlich abgehaltene Abendprozession, die nur aus ein paar Greisen und gesitteten Damen bestand, öde San Calogero derart an, daß ihm die Tränen kamen.

So lange es geht, muß alles so laufen, als wäre absolut nichts passiert, nahm sich Vito noch einmal fest vor, während er den Schrank aufmachte, um den schwarzen Festanzug herauszuholen.

Wenn er sich mit seiner Alltagskleidung am Fenster zeigte, um den vorbeiziehenden Heiligen zu sehen, hätten die Leute Grund gehabt, schlecht über ihn zu reden, und behaupten können, daß er für gewisse Dinge einfach keinen Kopf mehr hatte und an anderes dachte. Der Anzug hätte das Bügeleisen gut vertragen können, doch er sparte sich die Mühe. Das letzte Mal hatte er ihn vor fünf Tagen bei der Hochzeit von Vincenzino Mannarà getragen, und mit einem Schlag war ihm, als wären seitdem hundert Jahre vergangen – er war nicht umhin gekommen, denn beim Empfang im Café von Masino war das gesamte Dorf zugegen gewesen, angefangen beim Bürgermeister und dem Doktor Scimeni bis hin zu drei oder vier Hafenarbeitern, denn Vincenzino, der aus der wohlhabendsten Familie des Ortes stammte, legte großen Wert darauf, als Demokrat zu gelten.

Während er mit dem Anziehen beschäftigt war, gelang es ihm für einen Moment, die Sache, die ihm da widerfuhr, aus dem Kopf zu verbannen. Mit einemmal konnte er tief durchatmen: Er spürte, wie sich seine Lungen weiteten, und er tat einen langen, tiefen Zug, wie hin und wieder am frühen Morgen auf dem Land: Schon im Haus von Peppi *monacu* war ihm aufgefallen, daß sich eine Art friedliche Gleichgültigkeit in ihm breitmachte.

Es heißt, man fühle sich wenige Minuten vor seinem Ende so, dachte er, oder vielleicht haben die Araber recht, wenn sie sagen, daß man sich fügen muß, wenn das Schicksal es so will.

Als er sich in Unterhose und Unterhemd im Spiegel sah, verspürte er das Bedürfnis, sich selbst gegenüber noch ehrlicher zu sein, und ihm kam ein dritter Gedanke, den er vorerst verdrängt hatte: daß nämlich auch die Angst genau wie der Schmerz eine Grenze kennt, die nicht überschritten werden kann, und aus diesem Grund auch Feiglinge manchmal todesmutig werden.

Er zog sich gerade das Jackett über, als er ein Kratzen an der Wohnungstür vernahm und mit gespitzten Ohren innehielt. Da war es wieder, dieses Geräusch, ein sachtes Klopfen, daran war nicht zu zweifeln, vielleicht war es ein Freund oder weiß der liebe Gott, wer. Er machte auf.

»Darf ich eintreten?« fragte die Witwe Tripepi, den Blick zu Boden gesenkt.

Vito trat rasch beiseite, er war wie vor den Kopf gestoßen, denn mit allen, nur nicht mit der Witwe hatte er gerechnet. Als die Frau im Zimmer war, kamen ihm Zweifel, ob es wohl besser wäre, die Türe offenzulassen oder zu schließen. Er beschloß, sie halb angelehnt zu lassen. Ohne nach rechts noch nach links zu blicken, ging die Witwe wie eine Schlafwandlerin bis zur Mitte des Raums und sprach noch immer kein Wort. Als sie endlich den Mund aufmachte, hatte auch Vito gerade zu sprechen begonnen, und beide Stimmen bildeten einen unverständlichen Laut.

»Möchten Sie Platz nehmen?« hob Vito nach einem Augenblick erneut an.

»Nein, danke, machen Sie sich keine Umstände, ich gehe gleich wieder«, erwiderte die Witwe und versuchte, ihre augenfällige Verlegenheit hinter einer gewissen Steifheit zu verbergen.

»Ich wollte Sie nur eine Sache wissen lassen«, fuhr sie fort und holte tief Luft. »Schon heute früh wollte ich es Ihnen sagen, aber ich habe Sie, ich weiß nicht, warum, weder heimkommen noch weggehen sehen …«

»Ich habe außer Haus übernachtet, ich bin erst spät nach Hause gekommen«, schnitt Vito ihr das Wort ab.

»Ach! Vorgestern nacht, als auf Sie ... als geschossen wurde, war ich ... war ich am Fenster, ich weiß nicht, ob Sie im Vorbeigehen ...«

»Ich habe Sie gesehen«, sagte Vito barsch, »ebendeshalb habe ich mir gestern erlaubt, bei Ihnen zu klopfen, denn ich wollte Sie danach fragen.«

»Eben«, meinte die Witwe, »ich habe mich an eine Sache erinnert. Kurz bevor Sie heimkamen, hatten zwei Personen am Ende der Piazza haltgemacht. Hinterher waren sie weg.«

»Mhm«, meinte Vito, »vielleicht waren es zwei, die nichts damit zu tun hatten; wissen Sie, wenn jemand in zwei Metern Entfernung Schüsse hört, nimmt er die Beine in die Hand, selbst wenn sein Gewissen makellos und rein ist ...«

»Aber die sind gestern abend zurückgekommen. Es waren die gleichen, das kann ich Ihnen versichern, denn als ich sie wiedersah, ist mir aufgefallen, daß einer von beiden hinkte, und ich erinnerte mich, daß auch am Vorabend einer dabei war, der hinkte.«

Vito hatte einen viel zu trockenem Mund, um zu sprechen, er nickte nur mechanisch. Mammarosa hatte sich also nicht geirrt.

»Wußten Sie das schon?« fragte die Witwe schüchtern.

»Ja«, brachte Vito nur heraus.

»Und was gedenken Sie zu tun?«

Vito breitete stumm die Arme aus. Die Witwe starrte ihn an und hatte es plötzlich sehr eilig.

»Ich muß gehen«, sagte sie, »die Prozession kommt bald, und ich habe San Calogero zehn Kilo Brot versprochen. Fünf für mich, und, wenn Sie gestatten, fünf für Sie«, hauchte sie.

Einen Moment lang sahen sie sich in die Augen, dann breitete Vito erneut die Arme aus. Die Witwe nickte zum Abschied und ging an ihm vorbei zur Tür hinaus, ohne ihn noch einmal anzusehen. Vito wartete, bis er das Schnappen ihrer Wohnungstür hörte, dann zog er vorsichtig seine eigene Tür zu und eilte ans Fenster. Bevor er den Blick auf die Prozession richtete, die schnellen Schrittes näher kam, beobachtete er eine Weile die Witwe Tripepi, die sich abmühte, zwei Körbe mit geschnittenem Brot auf einen Hocker zu plazieren.

»Danke«, sagte er laut zu ihr, ohne darauf zu achten, ob sie ihn überhaupt hörte, »danke für alles, was du für mich tust.« Mit den Augen folgte er den ersten Brotscheiben, die die Witwe in die Menschenmenge warf, sah die erhobenen Hände, die offenen Münder, die ihr dankten. Der Heilige hatte genau unter seinem Fenster haltgemacht; aus dem Nachbartor trat in diesem Augenblick Don Rosario Mendolìa, der mit einem Bündel Zehntausendlirescheine in der erhobenen Rechten wedelte. Nach und nach wurde ihm bewußt, daß auch er in der rechten Hand, die in der Jackentasche steckte, so etwas wie ein rechteckiges Stück Pappe hielt. Er zog es heraus und betrachtete es eingehend. Es war eine Postkarte, auf der ein kasernenähnliches Gebäude zu sehen war, ein Fenster im zweiten Stock war mit Tinte angekreuzt. Er wendete die Karte. Es gab keine Spur von einer Briefmarke, keine Adresse, sie mußte in einem Kuvert verschickt worden sein: »Denk jeden Abend an mich, so wie Abend für Abend meine Gedanken an dich dieses Zimmer verlassen«, stand da und sonst nichts, nicht einmal eine Unterschrift. Benommen drehte er sie erneut um. Gewiß gehörte die Karte nicht ihm, aber wie war sie in seine Tasche gekommen? Eine Sekunde später fiel es ihm ein. Genau vor fünf Tagen, als er zur Hochzeit gehen mußte, hatte er, bereits im Festanzug, beschlossen, zuvor einen Abstecher auf sein Land zu machen. Auf dem Weg über den Weinberg hatte er gemerkt, daß in der Nacht irgendein Hurenbock gekommen war und sich an den Trauben vergriffen hatte: Zwei oder drei Weinstöcke waren zerschlagen und die Tauben völlig zermatscht. Als wären die Hunnen eingefallen, ohne erkennbaren Grund. Während er auf jene Schweinehunde fluchte, entdeckte er unter einem abgebrochenen Stock ein Stück Karton: Das war die Postkarte, die er jetzt in der Hand hielt und die offensichtlich einer von denjenigen verloren hatte, die ihm diesen netten Dienst erwiesen hatten. Er hatte sie in die Tasche der Anzugjacke gesteckt und dort vergessen. Nein, das stimmte nicht. Er erinnerte sich, daß er sie während der Hochzeitsfeier hervorgeholt hatte, denn für einen Augenblick hatte er die Absicht gehabt, sie Masino zu zeigen. Er hatte sie auf den kleinen Tisch gelegt, an dem er zusammen mit Freunden saß, doch da er Masino nirgendwo hatte entdecken können, hatte er sie schließlich wieder eingesteckt. Bei genauerem Betrachten kam ihm das Gebäude irgendwie bekannt vor. Er kniff die Augen zusammen, um besser nachdenken zu können. Und plötzlich tauchte in dem blendenden Licht, das in seinem Gehirn explodierte, die

Wand des Wohnzimmers von Doktor Scimeni auf, und an ihr der Kalender und auf dem Kalender haargenau das gleiche Gebäude, und darunter die Inschrift: Orthopädisches Institut Santa Rita. Er taumelte, klammerte sich am Geländer fest, um nicht hinzufallen. Jetzt wußte er, daß die Leute in jener Nacht nicht um Trauben zu klauen, sondern wegen etwas anderem auf sein Land gekommen waren – wegen etwas, das er sich gar nicht vorstellen wollte; wie hieß dieser Schäfer noch?, ach ja, Gaetano Mirabile; ihm war plötzlich klar, daß die dunklen Flecken auf den Weinblättern und auf dem Erdboden in der Nähe der zerstörten Weinstöcke nicht von Trauben stammten, wie er bereitwillig hatte glauben wollen, sondern von Blut, von frischem Blut, das dort vergossen worden war. Es war unmöglich, noch auf die Gnade eines Irrtums zu hoffen. Und er hatte das Beweisstück für einen Mord auf seinem Grundstück auf der Hochzeitsfeier vor allen herumgezeigt. Wer weiß, was die anderen geglaubt hatten – daß er den Schlaumeier spielen und Profit daraus ziehen wollte, vielleicht sogar den Mut haben würde, sie zu bedrohen. So hatten sie keine Zeit verloren, um ihm eine Warnung, ein Zeichen zukommen zu lassen. Der Festlärm, der, während er die Postkarte anstarrte, zu einem bloßen Summen abgeebbt war, steigerte sich zu einem ohrenbetäubenden Dröhnen. Er wußte nicht, ob auch er wie die Leute auf der Straße in diesem Augenblick schrie, ob all diese erhobenen Hände nicht mehr das Brot erhaschen, sondern seinen Leib packen wollten, der wie ein Stein in die Tiefe fiel.

»Ticktack ist mit dem Millecento von Giovannino abgefahren. Im Morgengrauen ist er von Vitos Hühnerstall zurückgekommen und sah selbst aus wie ein Huhn, so voller Federn und Flaum war er.«

»Aber wer hat ihn denn geheißen, diese Viecher abzuschlachten, als wäre er ein gewöhnlicher Stallräuber?«

»Keiner. Giovannino erzählt, Ticktack habe heute nacht der Jähzorn gepackt, als er merkte, daß Vito den Braten gerochen hatte und sich deswegen nicht blicken ließ. Er zitterte am ganzen Leib und brabbelte wirres Zeug. So ist ihm schließlich in den Sinn gekommen, sich über die Hühner herzumachen, einfach so, um sich auszutoben.«

»Ist der verrückt?«

»Ich glaube, ja, auch Giovannino denkt so, doch Don Pietro ist absolut nicht davon zu überzeugen.«

»Was sollen wir also tun?«

»Don Pietro läßt dir ausrichten, es sei an der Zeit, daß du dir Gedanken um Vito machst.«

»Ich denke schon an ihn, und ob ich an den denke!«

»Laß mich ausreden. Er sagt, er habe auf dich hören wollen, und das sei in Ordnung, Vito habe er die Ohren langziehen lassen. Doch wenn's nach ihm gegangen wäre, könnte man mit Vito inzwischen nur noch auf spiritistischen Sitzungen reden. Außerdem sagt er, daß zwei Verwarnungen, wie Vito sie gekriegt hat, vollauf genügen, um selbst ein Kleinkind zur Vernunft zu bringen. Wenn Vito noch immer nicht begriffen hat, heißt das, er ist fest entschlossen, nicht begreifen zu wollen.«

»Komm auf den Punkt.«

»Ich komme auf den Punkt. Don Pietro will von dir wissen, ob du abspringen willst oder nicht. Wenn ja, kümmert er sich selbst darum, das Spielchen zu beenden.«

»Wie will er das jetzt machen, wo Ticktack weg ist?«

»Freunde finden sich immer, sei unbesorgt. In dem Fall aber läßt Don Pietro dich wissen, daß es ihm nicht leichtfällt, andere Personen wegen einer Sache zu bemühen, die bestens in der eigenen Familie hätte bleiben können.«

»Ich bringe die Angelegenheit zu Ende.«

»Können wir unbesorgt sein?«

»Sag Don Pietro, ich danke ihm für alles, was er für mich getan hat, und da die Dinge nun einmal so gelaufen sind, will ich die Ehre haben, ihm, wie es ihm gebührt, zu Diensten zu sein.«

»Alles Gute.«

»Ich lasse grüßen.«

»Ach verzeih, das Wichtigste hätte ich beinahe vergessen: Er sagt, wenn du dich darum kümmern willst, wäre es besser, die Sache noch heute abend zu erledigen.«

»Gesagt, getan.«

Die Prozession war schon seit einer Weile vorbeigezogen, auf der kleinen Piazza stritten sich zwei Hunde um ein Stück Brot, als es Vito endlich gelang, die Hände vom Geländer zu lösen und in sein Zimmer zurückzukehren – in der Rechten hielt er noch die Karte, die völlig zerknautscht und schweißnaß war. Nur mit Mühe beugte er die Knie und setzte sich aufs Bett. Nun bestand kein Zweifel mehr. Die Postkarte, die wollten sie von ihm!

Und seit zwei Tagen forderten sie sie mit sanften wie mit harten Methoden ein. Wer genau wollte sie?

Scimeni war auf irgendeine Weise in die Sache verstrickt, und seine Tochter Carmela ebenfalls, denn diese Worte konnte nur sie geschrieben haben, als sie wegen der Behandlung ihres Beins auf dem Festland weilte. Sie hatte die Karte jemandem geschickt, mit dem sie ein Techtelmechtel hatte, und dieser Jemand hatte sie auf seinem Grundstück verloren, als er dort Mirabile umbrachte. Die einzige Lösung war, sie sofort in den Abort zu werfen und die Spülung zu ziehen. Aber hätten die anderen das geglaubt? Sie wußten, daß er die Karte hatte, wie könnte er sie davon überzeugen, daß er es wie Pilatus halten und die ganze Geschichte ein für allemal vergessen wollte? Oder sollte er zu Scimeni rennen, ihm die Karte geben, ihn für die Störung tausendfach um Verzeihung bitten und wieder gehen? Und Scimeni, der wußte, daß er Bescheid wußte, würde ihn trotzdem erschießen lassen, damit er die Geschichte nicht in der Gegend herumerzählte.

Zu Corbo zu gehen, daran war überhaupt nicht zu denken, selbst einen Meter vor der Kaserne würden sie ihn noch abknallen. Außerdem waren das keine Dinge, derentwegen man Zuflucht beim Gesetz sucht, das waren viel zu große Sachen, die man besser mit Hilfe von Freunden wieder in Ordnung brachte. Masino. Die beste Lösung blieb die, sich Rat bei Masino zu holen. Er erhob sich, zog die Schublade des Nachtkastens auf, holte eine alte Fünfkaliber Smith & Wesson hervor und sah sie nachdenklich an. Der Lauf war verrostet, das letzte Mal hatte er vor sieben Jahren damit geschossen, als er mit Freunden zum Spaß ein Zielschießen veranstaltet hatte. Seit damals hatte er sie nicht mehr in die Hand genommen, nicht einmal, um sie einzufetten. In der Trommel steckten noch drei Geschosse. Masino hatte einmal gesagt, sollte jemand irgendwann die Pistole auf ihn richten, wäre es besser, gleich und ohne lange zu zögern abzudrücken, andernfalls würde der Feind sie ihm mir nichts, dir nichts ins Maul stopfen und schlucken lassen. Er legte die Waffe an ihren Platz zurück, schloß die Schublade, ging zur Tür. Bevor er hinausging, hielt er einen Augenblick inne und machte kehrt. Er würde die Pistole bestimmt nicht zücken, da bestand keine Gefahr: Doch wenn er sie mitnahm, würde er sich vielleicht besser fühlen.

»Hinz und Kunz hat er sie gezeigt, dieses Verräterblut! Jedem Idioten!«

»Beruhige dich, Giovannino.«

»Ticktack hatte recht – und ich dachte noch, er sei wahnsinnig –, Vito gehört zu den Leuten, denen man sofort den Kopf zerquetschen muß wie den Schlangen, gleich auf der Stelle, und nicht abwarten und hoffen, daß sie zur Einsicht kommen!«

»Ist ja gut, Giovannino, setz dich hin und warte ab.«

»Was abwarten? Daß er, nachdem er seinen Auftritt hatte und die Karte in der Weltgeschichte herumgezeigt hat, sie auf dem Postweg an Corbo schickt? Oder sie ihm sogar persönlich bringt? Wir haben ihm längst das Gefühl gegeben, daß er zu allem fähig ist und wir zu nichts.«

»Jetzt übertreib mal nicht. Don Pietro ...«

»Ich pfeif' auf Don Pietro. Mit den Beziehungen, die er hat, kann er hinterher immer erzählen, was er will.«

»Moment mal, jetzt mal nicht danebenpinkeln. Haben wir uns verstanden?« sagte der jüngere Mann mit leiser Stimme.

Giovannino setzte sich die *coppola* wieder auf – es war immer ein Sturmzeichen, wenn er sie abnahm –, schüttelte den Leib wie ein Hund nach einem Regenguß und wirkte gefaßter. »Darf man wissen, warum du Don Pietro nichts davon sagst?« fragte er.

»Weil er gerade sein Viertelstündchen Verdauungsschlaf hält und ausgeruht sein will, wenn der Heilige vorbeizieht. Ich wecke ihn nicht einmal auf Befehl des Kaisers von China. Sobald er die Augen aufschlägt, reden wir mit ihm.«

Giovannino zog ungeschlacht einen Stuhl heran und setzte sich.

»Jetzt, da du dich beruhigt hast, erzählst du mir die ganze Geschichte genauer?« bat der junge Mann.

»Was soll ich dir noch erzählen? Wir waren alle am Ende des Prozessionszugs, als der Heilige unter Vitos Balkon haltmachte. Seelenruhig hat er auf die Straße hinuntergeschaut, die Postkarte aus der Tasche gezogen und die Augen darauf geheftet. Mit der Karte in der Hand hat er sich ans Geländer gelehnt und seinen Blick von einem zum anderen schweifen lassen! Er hat uns alle aufs Korn genommen, begreifst du das?«

»Und du?«

»Du Ungläubiger, wenn ich eine Pistole gehabt hätte, hätte ich auf ihn geschossen!«

»Dann hättest du einen schönen Scheiß gemacht«, ertönte Don Pietros Stimme hinter seinem Rücken.

Giovannino sprang wie vom Blitz getroffen auf.

»Es sei denn, du hättest hinterher auch dich erschossen«, fuhr Don Pietro fort, wobei er dem jungen Mann ein Zeichen gab und auf die Milchflasche deutete, die auf der Anrichte stand. »Denn wenn das eine Ansichtskarte von seinem Vetter, seinem Opa, weiß der Geier von wem war, was hättest du dann gemacht?«

»Ihr hättet sein Gesicht sehen sollen, als er uns anstarrte«, erdreistete sich Giovannino zu sagen, »dann hättet Ihr gewußt, ob das die Karte von seinem Großvater war oder nicht.«

»Wieso, gehst du etwa nach dem Gesicht der Leute? Erzähl mir doch keinen Quatsch!«

Don Pietro kostete die Milch und zog eine Grimasse. Für seine Begriffe war sie viel zu warm, und er beklagte sich bei dem jungen Mann, daß es im Sommer ein wahres Problem sei, denn wenn man Eiswürfel in die Milch gab oder sie in den Kühlschrank stellte, verlor sie auf jeden Fall an Geschmack.

Der junge Mann und Giovannino taten keinen Mucks.

»Du kennst immer nur die halbe Wahrheit«, fuhr Don Pietro nach einer Weile fort, »denn du bist und bleibst nun einmal eine halbe Portion, daran ist nicht zu rütteln. Und an wem willst du nun deinen Ärger auslassen? Wärst du ein ganzer Kerl, hättest auch du das Recht, die ganze Wahrheit zu erfahren ...«

»Aber diese Postkarte...«

»Die bedeutet, daß Vito sich noch eine Weile an ihr ergötzen will. Willst du etwa einem Schwerkranken das Recht streitig machen, in den letzten Augenblicken seines Lebens zu genießen, wonach ihm der Sinn steht? Du bist nicht gerecht, Giovannino, einfach ungerecht bist du.«

»Aber ich wußte nicht...«, begann Giovannino stotternd.

»Eben. Du kanntest die andere Hälfte der Wahrheit nicht«, beendete Don Pietro das Gespräch.

Der weiße Mergelhügel, der gleich hinterm Dorf steil zum Meer abfiel, hieß »Türkentreppe«, denn in früheren Jahrhunderten sollen die sarazenischen Piraten dort haltgemacht haben, um eine günstige Brise für ihre Raubzüge abzupassen: Noch heute treten zwischen den Furchen des Mergels ab und an Eisenstücke, Nägel und rostzerfressene Schrotkugeln zutage – Überreste längst vergangener Schlachten.

»Ich muß dich unter vier Augen sprechen«, hatte Vito gesagt, als er ins Café geeilt kam.

Ohne nähere Erklärungen zu verlangen, hatte Masino dem Oberkellner das Zeichen gegeben, er solle seinen Platz hinter der Kasse einnehmen.

»Wohin gehen wir?«

»Entscheide du.«

»Besser raus aus dem Dorf. Wegen des Fests herrscht heute ein Höllendurcheinander.«

Sie waren in Masinos Cinquecento geklettert und

schweigend ein Stück rausgefahren. Jetzt saßen sie auf einer großen Treppe auf halber Höhe des Hügels. Unter ihnen lag das Meer, grüngeädert und sehr tief.

»Ich höre«, forderte Masino ihn auf.

»Der Grund für all das, was mir seit zwei Tagen widerfährt, befindet sich hier drin«, legte Vito los, »in meiner Jackentasche.«

Der Zahnstocher, den Masino von einem Mundwinkel zum anderen wandern ließ, hielt inne.

»Und das Schöne ist«, fuhr Vito fort, »daß ich nicht weiß, wie ich da am besten wieder herauskomme.«

Masino sagte noch immer nichts.

»Das Schwierigste kommt jetzt. Und du mußt mir helfen.«

»Dafür bin ich doch hier, oder nicht?« entgegnete Masino schließlich leicht ungeduldig. »Red weiter.«

»Sie suchen eine Karte, eine Postkarte, die ich auf meinem Land gefunden habe. Die hat jemand verloren, als sie Mirabile ermordet haben. Sie ist ein Beweisstück.«

»Woher willst du wissen, daß sie Mirabile auf deinem Grundstück ermordet haben?«

»Ich bin mir dessen nicht sicher. Doch es reicht ja wohl, wenn die Carabinieri kommen und sich den Boden anschauen und die Blutflecken untersuchen …«

»Es hat geregnet«, fuhr Masino dazwischen, »an den Tagen hat es geregnet. Und die Postkarte kann auch der Wind zu dir getragen haben. Oder besser noch, machen wir es so, gib sie mir einfach.«

Ohne länger nachzudenken, kramte Vito sie aus der Tasche und reichte sie ihm. Masino nahm sie, warf nicht einen Blick darauf und begann, sie zu zerreißen. Dann öffnete er die Hände, so daß die Pappschnipsel ins Meer flatterten.

Erst jetzt sah er Vito an. Ein blitzschneller Blick wie ein Gewehrschuß aus dem Hinterhalt.

»So«, sagte er. »Die Geschichte ist zu Ende. Der Wind hat sich die Postkarte wiedergeholt und ins Wasser getragen.«

Mit einem Schlag wirkte er erschöpft, atmete schwer und lehnte sich mit den Schultern an die Treppe, die Augen hatte er geschlossen. Vito begann zu zittern und zu schwanken, er sah aus wie ein Baum im Sturm.

»Du mußtest die Karte gar nicht erst lesen, um zu wissen, was auf ihr geschrieben stand, nicht wahr?« fragte er fast tonlos.

Immer noch mit geschlossenen Augen bejahte Masino seine Frage. Mit dem letzten, kläglichen Rest von Atemluft aus dem hintersten Winkel seiner Lungen und in der Hoffnung, eine Antwort zu erhalten, die anders als die wäre, mit der er rechnete, fand Vito die Kraft, noch eine Frage zu stellen: »Wer hat etwas mit Carmela Scimeni?«

»Ich«, sagte Masino und erhob sich. »Mirabile war einer, der gegen die Regeln verstoßen hat. Es gelang ihm so lange unterzutauchen, bis wir ihn in deinem Weinberg geschnappt haben. Der unglückliche Zufall wollte es, daß dort die Postkarte verlorenging. Und daß du sie fandest. Ich habe den Leichnam dieses großen Hornochsen weit weg schaffen lassen, um dir Ärger zu ersparen. Und jetzt kehren wir, du und ich, ins Dorf zurück und genießen das Fest. Vergiß die Postkarte, vergiß einfach alles. Denk dir, daß alles wie eine Krankheit gewesen ist: Sie hätte dich beinahe dein Leben gekostet, bis vor zehn Minuten noch. Dann ist mit einem Schlag das Fieber gesunken, und jetzt fühlst du dich besser denn je. Ich übernehme es, allen die gute Nachricht von deiner Genesung zu überbringen. Laß uns gehen, Vitù, zeigen wir uns als Freunde, wie immer.«

»Du, mein Freund?!« fuhr Vito auf, und seine Stimme schien nicht mehr die seine zu sein. »Du hast auf mich schießen und meine Hühner abschlachten lassen, wegen dir habe ich Höllentage durchstanden ...«

»Vito«, unterbrach Masino ihn in bestimmtem Ton. »Ich war es, der dir diese Spanne von drei Tagen verschafft hat. Wenn ich nicht gewesen wäre, hätten die dich noch am Tag der Hochzeit umgelegt, als du hirnrissiger Idiot die Karte herausgezogen hast. Ich bin dann zu Don Pietro und zu Scimeni gegangen, um für dich zu bürgen, ein klein wenig Zeit für dich herauszuschinden, ich war mir sicher, daß du mir die Postkarte früher oder später aushändigen würdest. Aber wenn die Sache anders gelaufen wäre, was zum Teufel glaubst du wohl, was sie mit mir gemacht hätten, hm?«

Zum ersten Mal in seinem Leben setzte Vito fest entschlossen zu einer gefährlichen Geste an. Ganz langsam bewegte sich seine rechte Hand zu der Tasche, in der der Revolver steckte.

Auf halber Strecke zwischen Dorf und Türkentreppe hatten sie einen Platten. Corbo und Tognin verließen den Jeep und stürzten sich wie wilde Wölfe auf die Spuren des

Cinquecento von Masino, der statt die Provinzstraße lieber die Abkürzung am Meer entlang genommen hatte. Der Pistolenschuß hallte aus allernächster Nähe wider, vervielfacht vom Echo, während sie schon den Hügel hinaufkletterten.

»Geh weiter, renn!« rief Corbo Tognin keuchend zu.

Der machte einen Hechtsprung, stieg mit einem Bein über eine Mergelplatte und fiel auf eine andere. Die Sonne blendete ihn, doch er erkannte die Umrisse zweier Personen: Eine lag am Boden, die andere kniete neben ihr. Der Mann auf den Knien sprang bei seinem Anblick auf. Vor Schreck wie erstarrt, sah Tognin das Mündungsfeuer, hörte den Schuß, der ihm um die Ohren pfiff.

»Nicht schießen, Tognin, nicht schießen!« Er begriff, daß Corbo hinter ihm schrie, doch es war zu spät. Eine Hitzewelle peitschte urplötzlich durch seine Venen, und der Finger auf dem Abzug des Maschinengewehrs drückte von allein ab.

Der Mann im Gegenlicht warf Arme und Beine in alle Richtungen – für einen Moment kam er Tognin vor wie eine Marionette an unsichtbaren Fäden –, dann stürzte er nach hinten.

»Zwei Freunde, die wie Topf und Deckel zueinander paßten!«

»Und Sie wundern sich darüber?«

»Sollte ich mich vielleicht nicht wundern?«

»Wenn eine Frau mit im Spiel ist?«

»Wieso, vermuten Sie …?«

»Vermuten? Wollen wir hier Witze reißen? Das ist so sicher wie das Amen in der Kirche. Hundertprozentig.«

»Aber über diese Frau hat man nie etwas gehört...«

»Hätten die Ihnen gar etwas erzählen sollen? Der Mann, dem Weiberhaar gefällt, stumm bleibt wie ein Fisch.«

»Aber wie können Sie denn so sicher sein?«

»Die Art und Weise. Die Tatumstände.«

»Verzeihen Sie, Herr Anwalt, ist nicht...«

»Können Sie sich an das Gedicht von Martoglio erinnern? Ich glaube, es geht so: ›Sieh nur, was ein Weiberhaar vermag! Aus Zwietracht ob der schönen Angelika...‹«

»›Zwei edle Ritter, Kampfgenossen gar, zwei stolze Feinde nun geworden sind.‹ Ich erinnere mich, aber ich sehe nicht, wie...«

»Verzeihen Sie, aber wie erklärt sich Ihrer Meinung nach die Tatsache, daß Masino Vito ermordet hat und dabei war, ihm die Pistole, oder was es war, zu fressen zu geben, als der Carabiniere auf ihn feuerte? Und wie erklären Sie es sich, daß er ihm die Kiefer gebrochen und die Vorderzähne eingeschlagen hat, um ihm die Waffe in den Mund zu stecken? Das erklärt sich, verehrter Freund, mit Haß, und soviel Haß zwischen zwei ehemaligen Freunden erklärt sich nur, wenn eine Frau mit im Spiel ist.«

»Gewiß, wenn man die Sache so dreht...«

»Wie wollen Sie sie denn sonst drehen? Ich habe es Ihnen, vorgestern glaub' ich, gesagt: Bei uns stirbt man nur wegen aufgesetzten Hörnern.«

Rom, April 1967 – Dezember 1968

Nachwort (zur eigenen Absicherung)

Viele Jahre hatte ich schon als Theater-, Fernseh- und Radioregisseur verbracht und immer anderer Leute Geschichten mit deren Worten erzählt, bis mich unbändige Lust packte, eine eigene Geschichte mit meinen Worten zu erzählen. Nicht im Traum dachte ich daran, mich an einem Theatertext zu versuchen: Als sehr junger Mann hatte ich Erzählungen und Gedichte geschrieben; erstere wurden in Tageszeitungen veröffentlicht (*L'Ora* in Palermo, *L'Italia socialista* in Rom), zweitere in maßgeblichen Literaturzeitschriften *(Mercurio, Inventario, Momenti)* oder in Anthologien aufgenommen (die wichtigste, *Die Dichter des Saint-Vincent-Preises,* herausgegeben von Ungaretti und Lajolo, ist in der Reihe »Lo Specchio« bei Mondadori erschienen). Ich wollte auf gewisse Weise einen unterbrochenen Diskurs wiederaufnehmen. Die Geschichte hatte ich mir rasch ausgedacht, doch schwierig wurde es, als ich zur Feder griff. Nach einigen Schreibversuchen wurde mir recht bald klar, daß die Worte, die ich verwendete, nicht wirklich mir gehörten. Ich bediente mich ihrer, das ja, doch es waren die gleichen, die ich benutzte, um ein amtliches Gesuch oder eine Glückwunschkarte zu verfassen. Wenn ich nach einem Satz oder einem Wort suchte, das dem nahekam, was ich schreiben wollte, fiel mir das Gesuchte unmittelbar in meinem Dialekt oder besser gesagt, in der Umgangssprache meines Elternhauses ein. Was tun? Abgesehen davon, daß zwischen Sprechen und Schreiben ein ganz schöner Unterschied besteht, schrieb ich mit heftigem Widerwillen einige Seiten in einer Mischung aus Dialekt und Italienisch. Mit Widerwillen, weil mir schien, daß eine Sprache zum rein privaten Gebrauch in den eigenen vier Wänden nicht auch außerhalb der Hausmauern Gültigkeit haben könnte. Bevor ich die Seiten zerriß, las ich noch einmal laut das Geschriebene und hatte eine Art Erleuchtung: Es funktionierte, die Worte bahnten sich ohne größere Schwierigkeiten ihren Weg wie in einem natürlichen Flußbett. So nahm ich mir den Text noch einmal vor und übertrug ihn ins Italienische, wobei ich versuchte, die Ausdrucksstärke von zuvor wieder zu erreichen. Das klappte überhaupt nicht, und obendrein machte ich eine verblüffende Entdeckung: Die Ausdrücke und Worte, mit denen ich diese Dialektbegriffe ersetzen wollte, entstammten einem völlig ungebräuchlichen und veralteten Wortschatz, gegen den sich nicht nur die Umgangssprache, sondern längst auch die Bildungs- und Hochsprache sperrten. Soweit war ich, als mir Gaddas *Die gräßliche Bescherung in der Via Merulana* in die Hände fiel: Obwohl eine Handvoll Kritiker das Gegenteil behauptet, glaube ich, daß ich Gadda nichts verdanke – die Ursprünge seines Schreibens rühren von ganz woanders her, seine Motivationen sind äußerst subtil und seine Ziele viel höher gesteckt als die meinen. Viel dagegen verdanke ich seinem Beispiel. Durch ihn konnte ich mich von Zweifeln und Unsicherheiten freimachen. Und so begann ich im Alter von zweiundvierzig

Jahren, genauer gesagt am 1. April (das habe ich mit Absicht gemacht, wegen des Aprilscherzes) des Jahres 1967 meinen ersten Roman zu schreiben, diesen hier. Ich schloß ihn am 27. Dezember 1968 ab: ein Jahr und neun Monate für wenig mehr als hundert Seiten, von denen ich jede einzelne mindestens vier- bis fünfmal umgeschrieben habe. Ich betrachtete das als einen beachtlichen Start für eine sicherlich langwierige und schwierige Spracherforschung. Im Januar 1969 gab ich meinem Freund Dante Troisi, Richter und Schriftsteller (besser gesagt, Schriftsteller und Richter), den Roman zu lesen. Der Roman gefiel ihm sehr, und er riet mir, ihn an Nicolò Gallo, einen anderen Freund, weiterzugeben. Nicolò war ein Kritiker von überragender Intelligenz und mit hohem moralischen Anspruch: Ich habe ihm meinen Roman deshalb nicht als erstem zu lesen gegeben, weil ich mich vor seinem Urteil fürchtete. Bestärkt und angetrieben von Troisi fand ich schließlich den Mut, ihn anzurufen. Er zeigte sich von Herzen interessiert und wollte, daß ich ihm noch am selben Tag das getippte Manuskript brächte. Darauf war er drei Monate lang wie vom Erdboden verschluckt. Beunruhigt rief ich ihn an, sagte ihm, daß ich nicht die Absicht hätte, die Freundschaft zu ihm wegen eines Romans, der ihm nicht gefiel, aufs Spiel zu setzen, er solle doch so tun, als ob er ihn nie erhalten hätte. Er wollte mich sofort sehen. Auf seinem Schreibtisch lag mein Manuskript und daneben ein kleiner Stapel Blätter, dicht beschrieben mit Notizen. Dreimal habe er meinen Roman gelesen, erklärte er mir, denn er wollte sichergehen, daß seine Freundschaft zu mir nicht sein Urteil trüben würde. Der Roman habe ihm sehr gut gefallen, er wies mich auf einige Dinge hin (die ich mir zu Hause gleich aufschrieb) und sagte schließlich – vor Freude stand mein Herz fast still –, daß er Mondadori den Roman zur Veröffentlichung vorschlagen wolle. Nicolò war nicht nur als Berater in diesem Verlag tätig, sondern zusammen mit Vittorio Sereni auch Herausgeber einer Reihe italienischer Erzähler, Dichter und Essayisten. Er ließ mich jedoch wissen, daß das Buch frühestens in zwei Jahren erscheinen würde. Im Sommer 1971 starb Nicolò völlig überraschend. Die von ihm betreute Reihe wurde eingestellt. In der Zwischenzeit war es mir nicht gelungen, etwas anderes zu schreiben, ich fühlte mich wie blockiert – es war dringend notwendig, daß mein Roman auf irgendeine Weise das Licht der Welt erblickte. Ich schickte ihn beim Literaturwettbewerb »Rapallo Prove« ein, den der Schriftsteller Nino Palumbo organisierte. Mein Buch bekam eine Auszeichnung, und Palumbo schrieb mir, daß das Buch seiner Meinung nach gut sei und er es beim Verleger Lacaita veröffentlichen wolle. Wieder verstrichen Monate sinnloser Warterei. Dann rief ich Lacaita an, und der teilte mir mit, daß er keinerlei Absicht hätte, belletristische Werke zu veröffentlichen, das sei nur ein frommer Wunsch von Palumbo. Franco Scaglia bot sich an, dem Marsilio-Verlag meinen Roman zu empfehlen: Auch bei dieser Gelegenheit dauerte das Schweigen drei Monate und endete in einer klaren Absage. Auch von Bompiani bekam ich ein klares Nein zu hören, ein zweites von Garzanti, ein drittes von Feltrinelli. Und von anderen Verlagen. Die Editori Riuniti waren anderer Meinung: Sie schrieben mir, daß sie den Roman veröffentlichen wollten. Dann, nach fast einem Jahr, gab es Veränderungen in der Verlagsleitung, und der neue Direktor teilte mir mündlich mit, daß mein Roman nicht ins Programm passe, das er für den Verlag vorgesehen hatte. Ich hatte die Grenze meiner Widerstandskraft erreicht und beschloß, niemanden mehr wegen des Romans zu belästigen. Offensichtlich war Schreiben nicht mein Ding, ich widmete mich wohl besser weiterhin meiner Arbeit als Regisseur. Als im Hörfunk die Programmreihe »Unmögliche Interviews« geschaffen wurde, wollte Lidia Motta, die Verantwortliche für die Prosaprogramme im Radio, unbedingt, daß ich zwei davon schrieb. Das machte ich auch, und die Texte wurden von Bompiani in den zwei Bänden, die jeweils 1975 und 1976 erschienen, veröffentlicht. Ich bemerkte, daß sich mein Schreibstil verbessert hatte – eigenwilliger, ausgewogener geworden war. Aber wem sollte das etwas bedeuten? Dante Troisi schlug Sergio Amidei meinen Roman als Vorlage für ein Drehbuch vor; der hielt den Stoff für ungeeignet, da »zu wenig gewalttätig«. Dante versuchte es noch einmal beim Fernsehen, und sein Vorschlag wurde angenommen. Zusammen mit Ninì Suriano alias Antonio Saguera, auch er Richter von Beruf, begann er, den Roman zu einem Drehbuch umzuarbeiten. Einige Zeitungen berichteten darüber, und ein Verleger, der gegen Bezahlung veröffentlichte, kam auf mich zu und schlug mir vor, das Buch zu drucken, ohne daß ich dafür eine Lira aus der Tasche zu ziehen hätte (was ich im übrigen niemals gemacht hätte), unter der Bedingung, daß im Nachspann der Name seines Verlags erschien. Die Fernsehbearbeitung in drei Teilen unter der Regie von Pino Passalacqua bekam den Titel *Die Hand vor den Augen*, der reizvoller als der Originaltitel klang. Der Roman wurde 1978 von Lalli mit dem Originaltitel *Der Lauf der Dinge* gedruckt, fast zehn Jahre nachdem ich ihn zu Ende geschrieben hatte. In diesen Jahren hatte ich abgesehen von den zwei »Unmöglichen Interviews« eine regelrechte Schreibblokkade.

Dieser Roman ist so gut wie unveröffentlicht, in der Tat gelangte er nicht in den Vertrieb. Einige Exemplare machten halb im Untergrund ihre Runde. Wer eines davon besitzt, wird manche Unterschiede zwischen dieser Ausgabe und der von Lalli feststellen: Hier wird er Dialoge, Wörter, Verben, Sätze, Szenen finden, die wie eine Art »Aktualisierung« meiner Sprache erscheinen mögen. Doch die Dinge verhalten sich nicht so: Diese »Neuheiten« stammen aus dem Originalmanuskript und sind zum Teil Ergebnis der Anmerkungen von Nicolò Gallo.

Andrea Camilleri